Karl Grunder   Göttiwyl

Karl Grunder

Göttiwyl

Alle Rechte der Vervielfältigung, der Fotokopie, Radiofassungen und des auszugsweisen Nachdrucks vorbehalten.

© 1992 Verlag ED Emmentaler Druck AG, 3550 Langnau
Produktion: Markus F. Rubli, Verlagsberatungen, Murten
Herstellung: ED Emmentaler Druck AG, Langnau

ISBN 3-85654-945-5

Inhaltsverzeichnis

Karludi, der jung Schumeischter
Uf der Gschoui 7
D Aatrittsred 17
Lehrblätze 23
E Schuelkommissionssitzig 36
Ds Schuelexame 41
Grat-Üelkli u der Schuelinspäkter 51
D Rütlireis 57
Wetthurnuusset 71
Ds Bärnerträchtli 82
Lebe wohl, ich muss dich lassen 93

Riedegg-Chrischtis Touffi 97

D Frou Chilchgmeindrat 117

Karludi, der jung Schumeischter

Uf der Gschoui

Es ischt amene milde Herbschtnamittag im Jahr nüünzähehundert gsi. D Lüt hei all Häng voll z tüe gha, für alls, was düre Summer so wohl graten isch, yhezruume. Wo me het möge hiluege, het me se gseh Härdöpfel grabe, Rüebli zie, Runggle putze, Chabishöitli abhoue, Chleebluemen abstreipfe, Obscht abläse, u d Sunne het dür nes fyns Töischteli uf sen abe glächlet: «U de, syt'er zfride mit mer? Han i my Sach rächt gmacht?»

E Herbschttag, win er eim a Lyb u Seel mues wohl tue. I ds hingerscht Eggeli yhe ischt er ga gugge, gob no amen Ort öppis Bleichs oder Grüens syg u gob er da no mit parne warmen Ähline mües nahehälfe, u won er bim grosse Seminargeböid zumene Pfäischter y luegt, gwahret er dinne im feischtere Lehrzimmer di ergelschterete Zöglinge vo der letschte Klass, wo grad ds schriftlig Patäntexame hinger ne hei u itze schläfrig un abgcharet hinger ihrne Büecher u Hefte hocke. Er geit zue nen yhe, flattiert nen um di heisse Backen ume u chüschelet nen i d Ohre: «Leget doch di Ruschtig uf d Syte! Chömet usen u läset eis in üsem grosse Buech vo der Natur! Chömet a my Sunne, schmöcket üse Härd un erwärmet ech a der Wysheit, wo von allne Stüdline zue nech redt!»

Das Gchüschel vo däm früntlige Herbschttag het di Pürschtle bis i d Fingerspitzen use gjuckt. Si hei der Chef zum Alte gschickt, für ga z frage, gob si nid dä Namittag on use chönnte ga hälfe Härdöpfel grabe; das tät ihri erlächnete Hirneni besser ume z toue weder das längwylige Studiere i der Stuben inne, wo doch nüüt Rächts derby useluegi.

Wo dä ume zur Türen y chunt, het men ihm scho am ganze Gsicht aagseh, dass er guete Bricht het, wen es scho süsch nid üeblig u brüüchlig isch gsi, dass me di Oberschte zum Dussewärche nimmt. Druuf sy si usegchesslet, hei si mit Chärschte, Steichrätten u Chörben usposchtiert u sy gly nachhär i der Seminarhärdöpflere i de Reie gstange.

Da chöme düre Wäg, wo vom Zollikofewald gäge Hofwyl zue geit, zwee z trappe, eis chly nes schittersch Manndschi imene gälbhalblynige Füdlechlopferli u mit eme grosse Huet uf em magere Chilberegsicht, der anger e wohlggässne, guet bsetzte Maa ire feischterbruune Guettuechbchleidig. Wo si i d Nehi vo däm Härdöpfelblätz chöme, blybe si stah u luege däm Ghäscher zue. «Lue», seit der Guettuechig zum Gälbe, «da sy si grad, da chöi mer sche grad eis gschoue ... Gsehsch de, wi dä Läng dert ufziet mit em Charscht u nid luegt, won er hischlat? My Seech grad zmitts i d Studen yhe! Öppe drei Härdöpfle het er a de Zingge, dä tonnersch Möff! Dä wett i angersch lehren ufpasse, wen i dert Meischter wär.»

«U dä näb ihm», fallt der anger y, «gfallt mer o nid der Huuffe. Er macht bim Tüünerli grad, win er Stäckysen im Rügge hätt, ja so fuul u gradglyochtig tuet er.»

«U der anger dert, wo no d Chutten u ds Stehchrägli anne het, sprängt allwäg o keni Blääscht uuf bim Wärche. Eh du myn, wi cha men o, wi cha men o!... Dert wei zwee ne Chorb voll i d Bänne lääre. D Hälfti dernäbe gheie si, di hagus Schwadline!»

«Aber gschou du äine dert! Leit dä nid sy Naselumpen a Bode, für druf z chnöile zum Ufläse! Nid emal chrümme möi se si, di Blaaschtine! Es het da allergattig Ruschtig bi dene Schumeischterabbrüchlige, wo mir... ja eh, nid wohl chönnte bruuche, absolut nid.»

Di zwee hei dickischt ihri Ploule gschüttlet, wil bi der Gschoui di meischte nach ihrem Urteil nid grad höch i d Punkt yhe cho sy. Ungereinischt stellt der Guettuechig der Hübu: «Aber dert zusserscht grabt eine, wo der Sach chünts isch; gsehsch dert dä chlyn Chruseler a der zwöite Zylete? Acht di nume, wi si dä schicklig anestellt, win er ds Gstüüd u d Härdöpfle schön usenangere macht u ne subere Blätz het! Dä isch für gwüss bim Purewäse ufgwachse, das gseht men ihm vo wytem aa.»

«In der Tat, dä gfiel mer o nid schlächt; das wär itz vilicht öppis für üs.»

«Was ischt ächtert das für eine? Er chunt mer no so halbersch chennber vor.»

«He, weisch du was? Mir gah itz grad zum Diräkter, ja, i meine, dä chan is de scho Uskunft gä.» U si gnepfe glassen wyter gäg em Seminar zue.

Wo nach eme Rung druuf Karludi mit zwenen angerne di erschti Bännete Härdöpfle gäge heizue fugt, gseht er di zwe Manne mit em Diräkter zur Türen uus cho. Dä steit uf em Stägli obe still, fleutet, win er'sch bim Rede gäng Bruuch het z mache, d Häng echly umen un ane u lächlet derzue: «Eh loset grad, dihr drei da: Es wäre da zwe Manne vo Göttiwyl; si sötte dert e nöie Lehrer ha. Hätt vilicht eine von ech Gluscht?»

Wo die aber enangere nume so verdutzt aaluege u kene ke Wauch wott tue, meint er du zu dene Manne: «Si sy äbe no chly schüüch; aber i gloube, rächti Lehrer git es de scho us ne, he he he! I lan ech itz dänk grad echly aleini; chönnet vilicht so besser mit ne brichte.» Un er schwäcklet ume zur Türen y.

Druuf la si di Göttiwyler hübscheli gäg der Bänne zue. «Dihr heit da nöie no tolli Tütscheni füregmacht», meint der Halblynig, wo chrummen u mit der lingge Hang uf em Chrütz dasteit un eine vo de gröschte Härdöpfle i der rächte weigget. «Dä da macht allwäg eh weder nid es Pfung.»

O der anger drähjt e settige i syne Finger ume: «Jä ja, settig mache si de nid grad allne Orte füre. Was sy das ächt fürig?»

Wil di zwe angeren i der Stadt ufgwachsen u dertdüre nid grad grüüsli bschlage sy, so nimmt Karludi ds Wort: «Das sy Imperatore, e nöji Sorte.»

«So so, sy das itz vo dene? I ha nöie scho vo ne ghört», git der Guettuechig zrugg, gschouet derby Karludin bilängerschi stächiger u zwinklet mit eme zfridne Lächlen um d Muuleggen ume dem angere zue.

«Jä so, wen i frage darf: Bisch du nid Karludi vo der Ochseweid?»

«He wohl, u wen i nid ire, syt dihr der Grossegg-Sime. I han ech scho gchennt, won i no z Schuel ggange bi i ds Dorf ahe.»

«Prezys! Du bischt o i d Sekundarschuel, no mit üsem Emmi, gäll ja? Hesch di sithär fei echly gstreckt.»

«Es het's aber o nötig gha; ha's aber glych niene hi bbrunge mit der Grössi.»

«Eh, für guet z tue ischt eine no grad gly grosse gnue, ha ha ... Äbe, mir wäre cho, ja, ig u Gottlieb ... eh, du wirsch ne wohl o chenne, der Gottlieb vom Steifang, üse Presidänt vo der Schuelkommission?»

«I ha ne o scho gseh, u Vatter het no wylige von ihm bbrichtet.»

Itz touet dä o umen uuf: «Jä, der Peter? Mir sy grad nächti chly zämeghöcklet, ja, i der Arigepinte. Er het Moschtobs uf d Station gfüert, het am Heigah nes Halteli gmacht, hei es Halbeli gha, ja, win es de geit, sy du gmüetlig worde u hei no bal aafa singe. Ja weisch, er het se drum im Chopf, di alte Liedleni, u weis se gar wättigs guet z modle u z schüttle, u di Obenuuschehrleni graten ihm wi kem.»

«Un ischt scho mängischt blybe höckle derwäge, dass Müeti de albe het müesse balge mit ihm.»

«Hör mer uuf dertdüre! We nüüt Leidersch u Wüeschtersch gmacht wurd, ja, i wotti säge weder z singe, so gieng mängs besser uf der Wält obe ... Äbe ja, für ume uf ds Troom z cho, ja eh ... oder wottisch du di Sach vorbringe, Sime?»

«Mach du nume wyter; du bischt ja Presidänt.»

«Nu ja, für nid lang uf den Eschten ume z tanze: Üse Lehrer geit furt uf dä Herbscht, u mir müesse ... ja, mir sötti itz für ne nöie luege. Itze hei mer du ddäicht, mir wölle ... ja, ig u Sime wölle sälber grad da ahe cho go luege, gob du, Karludi, oder we du im Fall scho öppis angersch ungerhänds hesch, gob vilicht de nen angere Fyduz hätt, ja, zu üs z cho.»

«Begryfsch», nimmt itz Sime ds Wort, «mir wette de nid risgiere, win es äbe scho vorcho isch, dass si de kene tät aamälde uf d Usschrybig hi. Es isch drum hürmehi afe gar wälts bös, so a nes Näbenuusörtli e Lehrer z ubercho. Si wotti lieber i di grosse Dörfer oder i d Stadt. Drum hei mer ddäicht, mir wölle därung der Märe bezyte zum Oug luege. Es sötti de nid ume heisse, d Göttiwyler heige ke Lehrer ubercho; Bärger Chrischte, eh, du chennsch ne ja, dä gschyd Puur uf em Chapf obe, mües ume Schuel ha.»

Bis dato hei di zwe anger Klassegenosse bir Bänne däm Gred zueglost, hei enangere albeneis echly zuebblinzlet, u schliesslig meint der eint vo ne: «Karludi söll da numen yhäiche; das ischt öppis für ihn. Für üs chunt di Stell nid i Frag, wil mir so guet wi nid scho versorget sy.»

Da luegt der Presidänt Simen aa u noulet mit em Plouel: «Äbe, das geit eso; si hei Stelle, gob si ds Patänt im Sack hei, un a ds Düregheie, ja, bim Exame, däicht ekene.»

«Das sy drum däich alls so gschickt, dass dertdüre kene nüüt z förchte het», lächlet druuf Sime. «Gäll, Karludi, dir macht däich das o nid Buuchweh? ... Guet, so chumm du zuen is! I gloube, es wurdi scho zäme hotte. Oder was seisch derzue? ... He los, chumm du no chly mit is zumene Schöppli! Me cha de da chly gäbiger uber di Sach brichte.»

Syni zwe Kamerade hei nen ufgmunteret, er söll nume gah; si wölle di Härdöpfle scho aleini versorge u's de o der «Houe» (me het em Abwart so gseit) mälde. Druuf ischt er gmüetlig mit dene Göttiwyler gäg em Dorf zue glamelet.

Wo si da am gäbigschte chönnte sy, meint Sime, wo si gäg der Bahnlinge zue chöme.

Sii Seminarischte gangen öppe meischtens i d Chünigoder i d Häberlibeiz, meint Karludi zue ne. Aber Gottlieb isch für i Bäre; er syg vor Jahre einischt amene Widerholiger da gsi, u da heige si meischtens im Bäre verchehrt. Drum gieng er itz gärn umen eis dert yhe.

Gly druuf sy di drei im schattige Gärtli amene Tischli ghocket, u Sime het e Halbe Waadtländer bstellt. Gob er o nes Glas mittreichi, het er Karludin gfragt, u wo dä mit «ja gärn» antwortet, het er em Presidänt zueglächlet: «Das ischt rächt. I ha no so halbersch ddächt, du sygischt vilicht öppen o eine vo dene ... äbe, me het da nöie ghört, me tüei da chly starch für d Abstinänz weible.»

«Me cha das nid grad säge», git Karludi zur Antwort. «Me redt ja scho öppe vo de Schäde vom ubermässige Alkoholgenuss. Aber vomene Zwang cha me nid rede; di einte mache mit, di angere nid. Me lat ame niedere der frei Wille.»

«Nu, de cha me's la gälte», fahrt Sime wyter, macht mit ne Gsundheit u nimmt e tolle Schlühu.

«Lue, das isch drum grad eso: Mir in üsem Viertel inne treichen öppe ne Glesu Wy, we mer derzue chöme, u da müesste mir schi de gwünd schier schiniere, we de öppe der Schumeischter näben eim zuehe are Limonade oder amene Sirup tät sürggele. E Schumeischter sött si öppen in allne Teile aala u tue, wi anger Lüt; är sött nüüt Apartigs wölle sy. Nid, dass i öppen eine schreeg aaluegti, wo ungerschribe het, wohlverstange, wil er schi süsch nid cha halte. Hingägen isch es gäng no besser, wen eine Maas gnue isch, dass er schi sälber ma gmeischtere. Oder was seisch du derzue, Karludi?»

«Mir im Seminar hätte ja eigetlig zweni Glägeheit, dertdüre öppe z fascht uber d Schnuer z houe. Mir sy z hert gringglet u trüeglet mit Verbot, Ufsichten u Vorschrifte.»

Der Presidänt het scho mit der Zunge ärschtig ds Muul gsalbet, dass er'sch dadruuf chönni la louffe.

«U das isch rächt, absolut isch es. Di junge Lüt söll men im Färech ha u ne ds Gätterli fescht zuemache, ja, bis si us em Fülialter use sy.»

«Das stimmt ja uf ene Wäg ume», lächlet Sime druuf. «Aber handchehrum muesch de widerume säge: Es rächts Füli mues albeneis chönnen usgürte, süscht isch nüüt mit ihm, u wen es de einischt es Ross isch, so vergeit ihm de ds Hingeruufschla gwöhnliaa von ihm sälber. Dertdüre sött me nid z ängschtlig sy.»

Gottlieb ischt aber gäng no im Chutt. «I ha nöie no nie gseh, dass es us eme junge Hung öppis git, wo nid trässiert wird, absolut nid. Un i der Schuel isch es ds glyche. Du hesch es verspilts mit ne, we d' se nid vo Aafang aa so trässiersch, wi d' se ha wottsch, u we me grad der Stäcke mues bruuche. Oder nid, Karludi?»

«Myr Meinig nah wär es ja scho besser, wen es ohni das gieng, un es ischt ja scho ne gfählti Sach, we ne Lehrer mit em Stäcke uber sy Klass mues Meischter wärde.»

«Win es bim angere isch gsi, wo nume no mit Brüelen un Abschla gfochte het», fahrt Sime dry. «U het glych ke Ornig gha, wil d Pursch zletschtamänd o das nüüt meh gschoche hei... Mir hei gwüss im Grund gno keni untani Schüeler, u we sen eine mit Liebi weis z näh, so chan er sche nachhär ume Finger ume lyre. U so win i di aaluege, Karludi, chönntisch du das u du passtisch üüs.»

«Ja absolut» ungerstützt ne der Presidänt. «Settig, wo nid emal imstang sy, e Stude Härdöpfel i der Ornig uszgrabe oder zum Ufläse der Naselumpe müessen a Bode lege, wette mer de lieber nid uf Göttiwyl uehe. Ja, du chasch glouben oder nid, mir hein is fei müesse bsägne, wo mer zuegluegt hei. Isch das eigetlig möntschemügli, dass me si so ubhulfe cha härestelle?» Karludi luegt si z verteidige, di meischte syge halt nid bi däm ufgwachse u sygen ihm de in angerne Fächer uber. Dessitwäge chönn das glych gueti Lehrer gä. D Tüechtigkeit hangi zletschtamänd nid nume vo däm ab, dass eine ne Hirsch syg im Dussewärche.

«Aber wen eine nüüt vom Land u Dussewärche versteit, so passt er nid i nes Puredörfli yhe. Das isch my Meinig», macht Sime, treicht ds Glas uus u züntet e nöie Stumpen aa. «Nu, du bisch ja dertdüre rächt, das hei mer gseh. Un o mit der Schuel chämisch z Schlag. Es sy ja fryli föif Jahrgäng i der Klass, aber derfür nume öppis uber zwänzg Schüeler.»

«U de wärischt ja grad deheime. Me hätt gwünd Fröid, we me nen eigete Lehrer hätt, ja, i wotti säge, einen us üser Gäget.»

Karludi meint aber, grad das gäb ihm echly z däiche. Gob ächt nid grad das chönnti lätz sy, dass me ne chenni u wüss, wohär er chöm, gob ächt de nid dessitwäge d Outorität wi liecht, wi liecht chönnti himpe. Si hei das aber vernüütiget. Das machi wäger nüüt; Uguets chönn me ja weder ihm no syne Lüte deheime naherede, u wen es de im Fall wäge däm sött happere, so syge si de o no da. Er söll si das Züüg numen uberlege u si fräveli aamälde.

D Sunne het scho aafa flie, wo me di Gschouisitzig abbroche het. Karludi isch mit dene Göttiwyler Mannen ufe Bahnhof, u wi der Zug abpfupft isch, chunt der ganz Prägel vo syne Klassefründe i Rei u Gliid cho derhärzsinge. Si sy all buschuuf gsi, wil ne der Härdöpfelblätz u der Zimiswy d Chöpf ume fei echly i Sänkel tribe het.

Wi si ihn gseh hei, sy si natürlig uf ihn z Dorf gfahre u hei nen aafa uszäpfle:

«Isch di Gschoui guet abglüffe?»

«Hesch vil Punkt gmacht?»

«Hei si der o i ds Muul gluegt?»

«Gäll, das längt der für ne Chutte!»

«Itz chasch sauft öppis la gä, dass mir für di ghärdöpflet hei u du hesch chönne pinte!»

«Ja, me chönnt meine, dihr wäret der ganz Namittag im Wirtshuus ghocket», git Karludi zrugg, het si vo ne ddrähjt un isch gäge syr Bude zue, wil er da no vil het z däiche gha.

Won er aber du zmornderischt vo sym Müeti es Briefli ubercho het, d Göttiwyler Schuel wärdi frei un er söll si doch aamälde, es täti seie grüüsli fröie, wen er grad deheime chönnt Schuel ha, da isch er du gradeinisch uber ds Wärweisen uus gsi u het ds Aamäldigsschryben abgla. Churz druuf het er Bricht ubercho: Deine Anmeldung hat uns gefreut; es ist sonst keine erfolgt, und Du bist einstimmig gewählt worden. Sei uns willkommen in Göttiwyl!

D Aatrittsred

Am erschte Mäntig im Wintermonet hätt du d Schuel sölle aafa. Di Vorbereitige uf en erschte Schueltag hei Karludin fei echly i Gusel bbrunge, wil er gspürt het, dass er i Gottesname no ke Schuelmeischter isch, wen er scho ds Patänt im Sack gha het. Er het fryli vom Seminar e gfüllti Hutten am Rügge gha; aber won er du drygreckt un öppis Bruuchbarsch het wölle fürenäh, het er müesse gwahre, dass da meh liechte Tingel drinnen isch weder währschafte Flachs, wo me dermit cha wäben u wärche. Vil Lehrsätz u Formle u Geischteschram u zsäges keni praktische Erfahrige. Di paar Tag Üebigsschuel hei nienehi glängt, bsungerbar we me de no i ne Klass yhe chunt, wo föif Jahrgäng binangere sy. Das, was em junge Lehrer Sicherheit u guete Bode i d Schuelstuben yhe gäb, het eifach gfählt. Drum het er'sch nid für nen Unehr aagluegt, zu sym erfahrene Koleg z Arige i d Lehr z gah u si bi däm in allne Teile la z berate. Er het o sy Aatrittsred zwäggchorbet, ganz nach üeblichem Muschter mit ere schwungvollen Yleitig, ere längfädige Usenangersetzig, win es itz de söll gah, was er wöll ha u was nid, was d Schuel für seie u für ds Läbe z bedütte heig, u de mit eme schöne Wunschsatz ufghört. Er het deheime das Wäse meh weder es dotzemal aheglëse, isch stungelang i der Stuben ume glüffe, für'sch ussezlehre, bis ihm du ds Müeti afe seit, ihns düech's, er heigi da vil zu nen ufgstrüüssti Sach; er söll doch rede, wi's ne de grad düech u win ihm der Schnabel gwachse syg. Das chöm füraa vil besser use. Är aber isch angerer Meinig: Grad das erschten Ufträtte mües Ydruck mache, u drum mües me da wohl uberlege, was me wöll säge, u Schriftdütsch mach doch di besseri Gattig.

So ischt er am Mäntig am Morge wohl gladne u fei echly boghälselig gäg em Göttiwyl-Schuelhüsli zue gschritte.

D Schüeler hei im Versteckte in allnen Egge passt, u wo si ne hei gseh dür ds Fuesswägli abe cho, sy si i d Stuben yhe gchuttet u hei si an ihrne Plätze müüselistill gha. Di alti Lehrere, won er vor Jahre no zue ren i d Ungerschuel ggangen isch, het ihm vor der Gangstür mit ere Buschele Winteraschtere gwartet.

«I möcht dir vo Härze Gogrüessdi säge, gob de aafasch. Du gloubsch nid, wi mi das fröit, dass my ehemalig Schüeler itze my Koleg wird. Gäll, mir wei glych zäme gutschiere, wi vor zäche Jahre, u we der irgetwie cha bhülflig sy oder e Rat nötig hesch, so chumm nume fräveli zue mer. Du chunsch ja fryli früsch gstächlet u gschliffen us em Seminar, un i bi afange chly nes verroschtets Yseli. Aber me isch schi mängischt o no uber en alte Wärchzüüg ume froh, we der nöi nüüt meh wott houe. Da di paar Winterblueme sölle der Glück u Sägen i d Schuelstuben yhe bringe.»

U si leit ihm dermit di Buschele in Arm.

Karludi het wäger kes Wort chönne fürebringe, für ere z danke; er het ere rächt fescht d Hang ddrückt, u won er gseht, dass si uf der Stägen obe gschwing es Tröpfli abputzt, wo re het wöllen uber d Backen ahe rünele, het's ihn sälber o no fascht uberno. Er het nid gwahret, dass ungerdessi Steifang-Gottlieb zuehe gwagglet isch u ne verlägen aalächlet. «Ja ja, Karludi, da hesch de öpper Liebs u Gäbigs näb der oder besser gseit, ob der; a dere hesch de gwünd in allne Teile ne gueti Hebi ... Aber itze, ja, we de nüüt dergäge hesch, so wetti mer däich itz i Gottesname zämen yche.»

Di alti Schuelstube het ihn no vo früeher här aagheimelet: e heitere Ruum, won es uf dreine Syte Pfäischter a Pfäischter het u si a der hingere Wang e wältsgrosse Sangsteiofe breit macht u wyt i d Stuben use plätteret, vorfer ds verchlekkete Lehrerpult un i beidnen Egge di abgfieggete Wangtafeli. Hinger de verchritzeten u vergnäggete länge Bänke hocket uf ghogerige Vorstüele das Tschüppeli vo Purschte mit yzognigem Äcke, wär weis di wivilti Generation vo de Göttiwyler Lüte.

Es isch Karludin so merkwürdig vorcho, dass är itz da inne, won är o einisch als Schuelbueb ghocket isch, söll als Lehrer schalte u walte; das het ihm no gar nid rächt yhe wölle, u so ischt er ganz verschmeiete dagstange, dass er im Ougeblick nid gwüsst hätt, was fürnäh. Drum ischt ihm der Presidänt z Hülf cho. Er steit a ds Pültli aa, het si mit der rächte Hang am Dechel, versorget der Duume u der Zeigfinger vo der lingge im Schyleetäschli u fat aa: «Also, liebi Chinder, das wär itz öie nöi Lehrer. Dihr wärdet ne ja vilicht, ja, i wotti säge, ömel di grössere von ech, wärde ne no vo früeher nahe chenne. Es isch der Karludi vo der Ochseweid, wo einischt o hie z Schuel ggangen isch. Aber itzen ischt er halt e Lehrer worde, un i gloube, e liebe Lehrer, absolut, süsch gschouet ne nume. Aber dessitwäge söllet dihr de nid öppe meine, dihr bruuchet ihm nid z folge, ja, dihr chönnet itze mache, was dihr wöllet, süsch chönnt er de vilicht e böse wärde u nähm de der Stäcke füre. Mir wei hoffe, es wärd ihm o gfalle hie bi üs un er wärd si nid gröjig wärde, dass er isch zue nis cho. I begrüessen ihn im Name vo der Schuelkommission u vo allne Göttiwyler Lüte vo Härze. So staht itz uuf, Chinder, u grüesset nen o!» Si hei's gmacht u chly schüüch im Chor «Grüess di, Lehrer» gseit, u Gottlieb het ihm d Hang ggä u ne läng aagluegt, was het sölle heisse, dass es itz an ihm wär, ds Wort z ergryffe.

Aber Karludi isch so vertatteret gsi, dass ihm vo syr wohl ygstudierte Aatrittsred kes Stärbeswörtli meh het wölle z Sinn cho. Er het d Ouge chönnen a d Tili uehe oder linggs u rächts a Bode hefte, er het um alls i der Wält kes Lätschli vo re chönne finge, für sche dranne fürezschrysse. Öppis angersch het si itz i sym Schädel inne breit gmacht un ischt uf syr Red obe ggruppet wi ne Gluggeren uf den Eier: e ganze Wüsch Erinnerige us syr Buebezyt. Unger dene

Grosse i der vorderschte Reie het er mängs settigs umegchennt, won er no als grössere Bueb mit ihm gleichet het: ds Grat-Setti, won ihm als chlys Meiteli bim Beere sys Chrättli het ghulfe fülle, wil äs dertdüre ne Wältstäche un är ganz e leide Tschötteler isch gsi; der Mösli-Ruedi, won ihm bim Chüehüeten i d Nachberhoschtet het müesse ga Öpflen ahegusle, we si settig in ihrem Hüeterfüür hei wölle brate; Stübeli-Godi, won er albe mit eme Hälslig a sy ugängig Milchchare gspannet het, wil er gäng gnue het müesse tue mit der Bränte voll Chäsmilch vo der Hämlisbach-Chäserei gäg der Ochseweid zue; Lüthi Fredi, wo einischt als chlyne Störzeler für ihn im Gummhüsli het müesse ga topple, für d Marei für ds Wöschen ufzbiete, wil är als vil grössere un eltere Förchti wäg em chlyne Geltscherihüngli nid het dörfe, u das du däm arme Pföseler ds ganze Hosebödeli usegschrisse het. Das alls u no mängs angersch Buebemüschterli ischt itz ume in ihm läbig worde, dass es ne ddüecht het, das syg alls erscht geschter gsi. «Däiche si ächt no dra, di Lütleni, u chöi si ächt Reschpäkt ha vor mer?» het's in ihm gworte. «We me nume ds Bsinne dra mit em Wangtafeleschwumm chönnt uswüsche!»

Gottlieb het du afe gmerkt, dass da öppis Chätzigs in ihm rumooret un allwäg d Zetti ganz verhürschet het. Drum het er ihm no einisch umen uf ds Troom ghulfe.

«Eh loset, Chinder, wettet dihr im Fall, ja, vilicht afe no eis singe? Was chöit dihr öppe da für Lieder?»

«An der Saale kühlem Strande», het eis vorgschlage.

«Mein Herz ist am Rheine», es angersch. «Schier dreissig Jahre bist du alt», es dritts. U won er sche du fragt, weles dass si am liebschte singe, hei si fascht alli mitenangere bbrüelet: «Laue Lüfte fühl' ich wehen», un im Schwick hei di Grösseren aagstimmt. Es wär gwünd rächt styf ggange, we men öppe wäge der grobjänischen Ussprach chly nes

Oug zueta het. Di Pursch hei no gueti Stimme gha u früsch vo Härzen usegsunge.

U da isch Karludi ume zgrächt cho u het mit beidne Füessen ume Bode gfunge. A däm Lied het er schi du gha, für chönnen yzhäiche: We scho das «Laue Lüfte» nid grad grüüsli zu der ugäbige Herbschtbyse passi, wo grad gägewärtig so hässig um d Huseggen ume weissi, so syg er glych erbout vo ihrem Lied. Er heigi gseh, wi ihri Ouge heigen aafa glänze, wo si i der zweite Strophe vom Vatterhuus gsunge heige, u das syg äbe rächt, we das eim no öppis z bedütte heig. Me lehr'sch eigetlig erscht denn zgrächtem schetze, we me dervo furt syg, we me «der Fremde Glück mües erfasse», wi si äbe vori gsunge heige. U si heige de grad es schöns Hei. Göttiwyl syg ja fryli es chlys Näschtli, aber öppis Gfröits u Heimeligs. Das Tschüppeli Hüser, wo so früntlig us de Böimen use luege, passi wi us em Bode gwachse i das hilbe Tältschi yhe u zu dene Höger, wo zu beidne Syte guetmeinig uf sen ahe schili. Un itz het er ds Hääggli gfunge gha, für dranne echly Heimatkund aazlitsche. Er het mit ne uber di ängeri Heimat aafa brichte, vo früeher un itze, uber ihri schöne Wälder, vom Sunnigen u Schattige vom Bureläbe un ischt schliesslig ubere grütscht uf ihres Gmeinwäse. Di Pursch hei zerscht echly schüüch ta u gmacht, wi ihres Brünneli zum Antwortgä ygfrore wär. Aber nahdinah fat es aafa uftoue u tröpfele u zletschtamänd fei echly aafa rünele, dass's e Fröid isch gsi. Ungerdessi hätt Karludi sy ufgschribni Aatrittsred du o gfunge gha i der Chuttebuese, un er het se bi alldäm hinger em Rügge zumene Wüsch verchnuuschtet.

Di Stung ischt ume gsi, er het nid gwüsst wie, u wo du d Schüeler i der erschte Pouse sy dusse gsi, het ihm der Presidänt uf d Achsle topplet u gseit: «He nu, das ischt itz no ganz styf ggange. Du hesch das rächt aaggattiget u se in öppis yhe gfüert, wo si deheime sy un öppe hei gwüsst z antworte. Ja, i wotti dermit säge, du hesch se so nid füürschüüch gmacht. I gloube, das chömi de guet u du wärdisch der Rank scho finge. So bhüet di Gott! Mir gseh däich de enangere bir Schuelkommissionssitzig ume.»

Wo Karludi sy zämegwuuscheti Aatrittsred in Ofe yhe gheit, het er halblut für ihn sälber gseit: «Müeti, du hescht also rächt gha!»

Lehrblätze

Ds Acheriere i däm Göttiwyler Schuelacherli ischt aber du nid gäng eso ring u gäbig ggange, wi am erschte Tag, won er eigetlig nume no liecht vorgscheut het. Won er du aber ds Säch echly töiffer het wöllen ahela u gmeint het, itz mües zgrächtem gfahre sy, het es du ghörig aafa happere. Bal het er z töif, bal de nume fascht obenab gfahre oder ischt uf Steinen u Nagelflue cho, dass es ne näbenab gsprängt het. Er het alls no so guet möge zwägstecken un yrichte, er het doch mängischt es Tags chuum es paar ordlegi Fuhre zwäg bbrunge. Gäng früsch het er ume hingerfür müesse, dass er nid ab Fläck u kenischt ischt obenuus cho. De ischt er de mängischt ulydige worde, het aafa mit der Geisle chlepfen u füürtüüfle u gmeint, es fähl am Zug un es mües eifach düregstieret sy. O das het nüüt gnützt, im Gägeteil, es het bilängerschi meh aafa happeren u harze.

Won er du derwäge zur Lehrere isch ga chlööne, het ne die du richtig i d Geize gstellt: Er troui em Zug allwäg zvil zue, tüei ne vilicht z fascht ergelschtere, wöll ungereinischt z breiti Fuhre mache, anstatt süüferli vorewägg z fahren u satteli z tue. Di Göttiwylerching heige halt echly schwäri Holzböden anne, u da lai si i Gottsname nid alls erzwänge. Er syg eifach uf der Schwelle zwüsche Seminar u Göttiwyl chly gstolperet. Aber das mach nüüt; es syg no ke Meischter vom Himel gfalle, u Lehrblätze mües e niedere mache. Das heig si on erfahre.

Druuf het si Karludi du chly angersch ygstellt. Wen ihm öppis vergraten isch, so het er der Fähler nid meh gäng zerscht bi de Schüelere gsuecht, er het o ihn sälber i d Hüpple gno u de dickischt usegfunge, dass er ne zvil zuemuetet u zvil vorussetzt, mängisch z höch use wott u vil uber d Chöpf ewägg redt, anstatt mit dene Steine z muure, won er het. Drum het er sche du meh la brichte vo däm, was si erläbt, gseh u ghört u beobachtet hei, bis er de albe nes Hääggli ubercho het, für ds Nöie dranne chönnen ufzhäiche. U we de öppe das Brüneli het wölle vertröpfele, so het er de mängisch Zytigsartikle mit ihm gno, het mit nen über das aafa brichte, was öppe i der Wält vorgfallen ischt u d Lüt grad beschäftiget het, un isch de vo däm uus i d Geographie oder i d Gschicht yhe grütscht.

On im Rächne het er der Wagen echly gchehrt un isch vo den Ufgabe im Rächnigsbüechli wägg gäg em Praktische zue gfahre. Er isch mit de Bueben i ne Büni uehe ga ne Höistock mässen u berächne nach altem u nöiem Mass, i ne Schopf yhe nes Bschüttiloch, i Wald use ne Holzträmel, i ds Land use ne Chornacher, e Härdöpfelblätz oder e Pflanzig, u da het er gseh, wi vil meh Inträsse si are Sach hei, we si e praktische Wärt derhinger finge.

U d Pursch hei si Müei ggä, sy gärn i d Schuel cho u sy im grossen u ganze guet gsi z ha. Es isch fryli meh weder einischt öppis passiert, won er isch druff u dranne gsi, der Stäcke füreznäh. Aber bbruucht het er ne glych nie.

Einischt ischt er derzue cho, won es paar grösseri Buebe eine am Bode gha u ne mit hertem Schnee gottsträflig gwäsche hei, dass dä arm Üelkli drygseh het, wi men ihm mit ere Flachsräfflen uber ds Zyferblatt gfahre wär. Won er sche zur Red gstellt het, was ne dä Büebel z Leid gwärchet heig, dass si ne däwäg dryschaagge, het zerscht kene wölle ds Muul uftue. Erscht won er du ddröhjt het, si müessi bis am Morge zwo Syte druber schrybe, sy si du füre mit de Charte: Dä heigi gseit, ihre Schueli syg e parteiische, ugrächte Hagu; er heigi's eifach mit de Meitline. Wo si ihm du das heige wölle vernüütige, heig er sche aafa aaspöien un aafa zangge mit ne. Dernah heige si ne z Bode gruesset un ihm sy dräckigi Lafoute mit Schnee wölle wäsche.

Karludi het zerscht nid rächt gwüsst, win er schi da derzue söll stelle. Uf ei Wäg het's ne schier wölle lächere, aber so mir nüüt dir nüüt di Sach la tschädere, het er doch nid chönne, bsungerbar, wil di Buebe mit schynige Blicke an ihm ghanget sy, was het wölle heisse: U de, was seisch du derzue? Hei mer nid rächt gha?

Er het die du afe mit eme zahme Verwys, es wäri doch besser, si überliesse fürderhin ds Straaffe numen ihm, abgfertiget. Es het se scho chly möge, wil si doch uf enes Schübeli Rüemis hei ghoffet gha un erscht du no, wo si ne gseh mit däm Sünder a der Hang gäg der Schuelstube zuegah.

Dä Bueb het aafa gränne, wil er gförchtet het, itz gäb es eis zünftig ufe Leghoger. Drum het er in eimfurt aafa brüele: «Es isch mer de Leid, Lehrer, i will's nie meh mache!» Karludi het ganz süüferli aafa rede mit ihm.

«Warum hesch du das gseit, Ueli?»

«He, wäge den Ufsätze.»

«Bischt öppe nid zfride mit de Noti?»

«He ja, wil d Meitli gäng besseri uberchöme.»

«Gäll, du machischt äbe gäng so gueti Ufsätz?»

«He nei, aber das macht mi äbe gäng so toube. Dene geit es so ring, un i weis gäng nüüt u mues so gnue tue. Aber i cha eifach nüüt derfür, huu! huu!»

«Aha, ligt dert der Haas im Pfäffer! So so, weisch du gäng nüüt? ... Nu, so weisch du was, Ueli: We der nüüt wott z Sinn cho bi denen Ufsätze, won ig ufgibe, so schryb du ganz eifach i Zuekunft öppis angersch, uber Sache, wo der öppis z Sinn chunnt, vo öppis, wo de erläbt oder ghört hesch, vilicht es Müschterli vo öier Chatz oder öiem Hung oder vom Stall. De nimm der nume Zyt derzue, u du bruuchsch de nid z meine, du müessisch so gschwing fertig sy wi d Meitschi. U wen es de im Fall z hert wott harze oder we de mit de Wörter i ds Ugreis chunsch, so darfsch de fräveli zue mer cho frage. Gib der aber Müei, u de wei mer luege, gob es nid aafai heitere i dyne Ufsatzheft inne. Vilicht

bruuchsch de nachhär nümme z säge, i syg e ugrächte Hagu, oder was meinsch, Ueli?»
«Nei, i ha's ja gar nid so gmeint; es isch mer eifach i der Töibi grad eso use.»
«Henu, so wei mer itz luege. Gang itz u däich dra, was der gseit gha!» Un es isch guet cho mit Üelin.

Es angerschmal, es ischt scho gäge Hustage gsi, ischt ihm z Ohre treit worde, Pfischter Pöilu heig am Heigah vo der Schuel i der Göttiwylholen obe nes Vogelnäschtli usgno u vierne junge Vögeline d Scheichli usgschrisse. Es Meitschi het ihm di arme Gschöpfli imene Truckli inne bbrunge. Itz het Karludi doch ddäicht, da gäb es nüüt meh angersch, weder dä uflätig Tierliquäler so rächt vatterländisch düre-zflachse. Er het scho drufhi nes zügigs Stäckli parat gmacht. Won er nen i ds Gebät nimmt, het dä Chnüder aafa lougne wi ne Geisseschelm: Das sygi nid wahr; di Meitli sygi das cho rätsche, wil si ne hassi. Aber dene wöll er de scho no zeige, wo Gott hocki.

«So so», meint druuf Karludi u fasset ne chly scherfer i ds Oug, «lüge si, di Meitli! Gäll, das sy wüeschti?»

«Däich wou, üse Chnächt het's o gseit.» Karludi geit zum Pult u chunt mit em Truckli mit dene totnige Vögeli zrugg.

«Aber, was isch de mit dene da!» Der Bueb wird zünt-roten u fat aa schlottere.

«Also, so öppis Uflätigs hesch du chönne verüebe, du Sündemürggu du? Gruuset's der nid ab der sälber, u weisch, was du verdienet hesch?» Dermit nimmt er ds Stäckli vom Pult, u der Bueb fat aa weebere: «Gi mer nid Schleg, Schu-meischter, i ha der aa! Gi mer nid Schleg!»

Karludi verschnuppet chly, leit dernah ds Stäckli ume näbetsi u fat druuf chly glassener mit ihm aafa rede.

«Hei si di nid dduuret, di arme Gschöpfleni, u tuet's der nid im Härze weh, we de da i das Truckli yhe luegsch?»

Der Bueb luegt nen e Zytlang ganz verstöberet aa; druuf leit er der Chopf ufe Tisch ahe u fat z luter Wasser aafa hüüle.

«Poul, warum hesch du das gmacht?» Ke Antwort. Der Lehrer het ihm mit beedne Hänge der Chopf uuf u luegt nen aa.

«Gäll, du seisch mer'sch? I tue der wääger nüüt. Lue, i ha ds Stäckli ume dert uf ds Pult gleit.»

Itz het er d Bysenäblen ahegla, u dür sys Schnüpfe düre brösmet er verzatteret füre: «I ha's drum... so schlächt... deheime, u di Vögeli... hei's so schön... gha, wil d Mueter guet... zue ne gluegt het. Drum ha ne's nid... möge gönne. I ha drum... ke Mueter meh.» Ds Ougewasser louft bachwys von ihm, u der Lehrer wott's schier ubernäh. Er sinnet u studiert däm Züüg nahe. Gly druuf seit er ihm, er chönn itze gah; si wölle de morn no druber rede.

Am Heigah het er Heiris Fritze im nächschte Huus gfragt, was ächt mit däm Poul im Buechrein obe los sygi, u het ihm di Sach bbrichtet.

«Ja äbe», fat dä aa, «dertdüre wär scho öppis z säge. Das ischt en arme Güeterbueb, wo ke Vatter u ke Mueter meh het. Er het würklig es wüeschts Verding dert obe, mues grüüsli ungerdüre, es niedersch meint, es chönn d Schue an ihm abputze, nüüt weder ‹Soubueb u Nüütnutz›, u der Alt schlat ne mängischt ab, dass es si nüüt förmt.»

Karludi het eis uber ds anger Mal der Chopf gschüttlet bi däm Bricht.

«Sött me da nid Schritte tue, dass dä Bueb angersch gha wird oder dass er uberhoupt a nes angersch Ort chäm?»

«I ha's o scho ddäicht; aber begryfsch, i wett dert d Wäschplere lieber nid ga gusle; me seit nid vergäbe: E böse Nachbar, es bös's Dach u ne bösi Frou chönnen eim ds Läbe verleide, u me chennt ja d Meile.»

Karludi het ihm ddanket un isch wytersch. Dä Bricht het ihm z däiche ggä.

Am angere Morge het er i der Schuel di Sach vorbbrunge. Di Pursch hei es grüüsligs Wäse gha, u mit «eeh, uuh, ai» ihrer Töibi uber dä Tierliquäler nid gnue chönnen Usdruck gä. U drufhi het er e ganzi Stung mit ne bbrichtet, wi eigetli es niedersch Flöigeli, es niedersch Chäferli u Pfyfölterli, wo z Hustage us der Ärde schlüüffi, es niedersch Chrütli u nes niedersch Blüemli, wo ds Chöpfli gäg der Sunne zue strecki, es grosses Wunger syg, wo mir Möntsche gar nid chönne begryffe. U gob's nid o es Wunger syg, wi d Vögel vom wyte Süde der Wäg zu üs zrügg finge, wi si Näschtli boue, Eili lege un us dene Jungi useschlüüffe. Was so ne Früeligstag wär, we d Bluemen u d Böim nid täte blüeie, d Vögel nid täte singe, d Beieli nid täte sure u d Pfyfölterli nid täte desumefäckle. Drum tüei me si a der Natur versündige, we men öppis, wo si erschaffe heig, gang ga gschände. Der Poul heig das gmacht, un itz wölle si we mügli das ume luege guet z mache, was är dene Vögeli z Leid ta heig. Wi me das ächtert chönnti aastelle.

«Die abschla, wo se plage, u Pöilun grad zerscht», hei natürlig es paar bbrüelet.

Nei, das wölle si itz grad nid; dermit syg ne glych nüüt ghulfen u Poul syg süscht afe nen Arme. Si gsehje ja, wi's ihm leid syg.

«D Chatze gäng furtjage, we si uf d Böim uehe zu de Näschter tyche wei», het es angersch gmeint.

«De Vögeli Trucki boue, dass si drinne chöi nischte u ne de d Chatzen u d Chrähje nüüt chöi tue», es wytersch.

«Grad du hesch der Nagel ufe Chopf preicht», het Karludi das ungerstützt, «grad das wei mer mache; mir wei grad sofort drahi.» U wär vo dene füfzähe Vogeltrucki, wo no sälb Wuche im Schuelhuusgang ufbbyget worde sy, di zwo erschte bbrunge het, isch Buechrein-Poul gsi, u wär am meischte Fröid zeigt het, dass in eim vo dene, wo uf em Suurgrauech im Schuelhuusgärtli ghanget isch, grad zerscht d Möiseli sy ga yhegugge u si ga ynischte, ischt ume ihn gsi. Un es hätt speter einen öppe amene Vögeli öppis sölle z Leid tue; de het er'sch mit ihm z tüe gha, botz Himugüegeli!

Karludi isch du churz druuf mit em Armeinspäkter zämecho, het ihm di Gschicht erzellt un ihm z bedütte ggä, er sött öppe glägetlig uf dä Buechrein uehe ga luege. Das het schynt's gwürkt. Churz druuf isch dä Pöili a nen angere, bessere Platz versorget worde.

En angeri Gschicht het Karludi du mit Meitschi vom letschte Schueljahr düregmacht. Es ischt ja gäng chly ne chutzelegi Sach für ne junge Lehrer, wen er settigi i der Klass het, wo vilicht nume nes paar Jährli jünger sy weder är un im Entwickligsjääs inne stah. Wi liecht, wi liecht cha da öppis i ds Chrut schiesse, won es nachhär ganz suuri Beeri drus git.

Me het sälbisch no houptsächlig di dütschi Schrift bbruucht u de zletscht für d Überschrifte o no di französischi güebt. Hanses Bethli un Isacks Roseli, zwöi toui u gschickti Nüüntklässlere, sy aber i dene beidne Schrifte deheime gsi, dass me se im Steidruck chuum exakter u schöner härebbrunge hätt. Drum het Karludi gfunge, di zwöi chönnten itz no d Rundschrift lehre. Dessitwäge het er zu dene du o meh müesse ga vorschrybe; aber da het er du gradeinischt aafa merke, dass das Näbezuehehocke bi dene nid glych isch, wi bi den angere, dass se si aafa neherzuehela, weder dass wär nötig gsi. Er het zerscht wyter nid vil derglyche ta. Wo si du aafa, zvil mit den Ouge an ihm hange, hingerdüre zäme chüschele u nen aalächle, het er doch du gmerkt, was ds Chilchezyt gschlage het. Drum isch er nümme ga zuene hocke zum Vorschrybe, ischt echly barscher mit nen umggangen u het ddäicht, si wärde der Pfäffer wohl o schmöcke. Aber das isch nid gsi, u si hei du angere Chlyberesame bbruucht. Bim Usegah sy si unger ds

Türgreis gstange, dass er sche hätt söllen uf d Syte drücke oder sche dännestosse, wen er use wölle hätt. Wil d Stube zwo Türe het gha, ischt er eifach zur angeren uus. Dudernah hei si aagfange, ihm am Aabe vor em Schuelhüsli z warte, für mit ihm chönne heizlouffe, wil si e Bitz der glych Wäg hei gha.

Eis Aabeds het er aber du na de Viere äxtra d Ufsatzheft füregno un aafa korrigiere i der Schuelstuben inne. Won er na re Halbstung di Meitschi gäng no dusse gseht stah, ischt er sche du ga frage, uf was si eigetli warte. Si hätten ihm wölle d Heft trage, hei si fürebbrösmet un ordeli züntegi Chöpfli ubercho. Ja, er wöll grad fertig mache hie, u das chönnt wi liecht nacht wärde, bis er heigang. Si sölle nume hei öppis ga mache. Ds Müeti wurd ne allwäg nid der Huuffe druffe ha, we si so spät heichäme un es de no vernähm, warum si so lang gwartet heige.

Won er aber ungfähr na re Stung o der glych Wäg geit, gseht er es guets dotzemal im Schnee sy Name gschriben u grossi Härz derzue gchriblet. Er het nid lang bruuche z wärweise, vo wäm das syg; aber er het wytersch no einisch kes Gheie drus gmacht. Nume chly am Seili ahegla het er di zwöi i der nächschte Zeichnigsstung. Mit eme chlyne Spöttlen um d Muulegge het er gseit, er heigi beobachtet, wi da nes paar Meitschi am Heigah probiert heige, Härzformen i Schnee z zeichne. Die sygen aber so schröckli uberort u verzwogglet usecho, dass er schi fascht heig müesse schäme für di Beträffende. Wil me d Härzform no vil zu Verzierige bruuch, so wölle si die itze zgrächtem üebe. Si hei's gmacht u dernah dermit no allergattig farbegi Reieli zämegstellt. Am Schluss vo der Stung seit er du zu dene Meitschi: «Gället, itz chöit dihr de richtegi Härz zeichne u bruuchet nümme di Dummheit z mache, wi am vordere Tag.»

D Buebe hei druuf Grimasse gschnitte, u di angere Meitschi hei enangere zuepfupft. Di zwo Härzdame, wi si nachhär vo de Buebe gnamset worden sy, hei für nes paar Tag chly nes Tubuschöpfli ufgsetzt, u da het Karludi ddäicht, itz heige si doch e tolli Nase voll verwütscht, dass es wohl wärd guete für gäng. Di zwöi hei si fürderhin in acht gno, wil si sich doch du gschämt hei vor den angere. Aber ganz us nen isch dä Jääs doch nid gsi, im Gägeteil, er isch du no grad i ds dümmschte Stadium uberggange. Wo Karludi eirung na der Schuel d Nasen unger d Bänk ungere gstreckt het, für z luege, was si öppe für nen Ornig heige, fingt er zwüsche Bethlis u Rösis Heft u Büecher inne nes Tschüppeli Briefli, wo si enangere gschribe hei u Ruschtig drinne gstangen isch, dass me bim Läse schier hätt sölle d Nase verha. Itz ischt aber Höi gnue ahe gsi bi Karludin. Wi me si mängischt are Sach uberisst un es eim nachhär e Zytlang schier lüpft, we me se nume gseht, so ischt's ihm o mit dene zweine Meitschi ggange. Er hätt sen am liebschte grad us der Klass use gha. Er isch ganz am Hag anne gsi dertdüre mit syr Schuelmeischterei u het nüüt meh angersch gwüsst, weder ume sy Lehrere z Hülf z näh. Die het o nume müesse der Chopf schüttle. Si heig däm Züüg o scho lang zuegluegt, wil ere das Tue u La vo dene Meitschine ufgfalle syg. Aber grad das hätt si glych nid ddäicht vo dene. Si begryffi o ganz guet, dass är i der Suppe, wo die zwöi ihm ybbrochet heige, sälber nümme gärn rüeri.

Es wär ihm grüüsli rächt, we si das miech, het er gseit. Sii als erfahrni Mueter fing da der Rank äbe besser. Er dank ere derfür.

Scho zmorndrisch zaabe het si di Meitschi in ihri Stuben uehe gno u ne dert so rächt nach Note ds Mösch putzt.

«Was isch de ömel das für ne Manier von ech, so ga z tue, erger weder e Chatz im Horner! Dihr, süscht so gschydi u währschafti Meitschi, gaht itz so ga dumm tue, dass me si sälber für öich mues schäme. Däichet, we das unger d Lüt chäm, öji Eltere dervo erfiere oder'sch der Pfarrer i d Nasen uberchäm, was das für ne Sach gäb! Dihr wurdet wi liecht, wi liecht nid emal erloubt, wurdet no gschoubet. U di Schang wärdet dihr chuum öppen uber öich wölle la ergah, dihr dumme Ganggle, was der syt! Derzue chönntet dihr no em Lehrer sälber Dräck i d Milch mache, ihm, wo's doch so guet meint mit öich u wo der doch so gärn heit. Dihr wurdet chuum wölle tschuld sy, dass er sött vo der Stell cho, win es scho mängem ggangen isch so wäge settige Tötschline.»

Di Chopfwösch het aber ghörig aagschlage by ne. Si hei d Schöibi vore Chopf gno un aafa priegge zäme. Das het der Lehrere gfalle, u drum het si du ds Blatt umgchehrt un echly fyneri Seiten aagschlage:

«I weis ja wohl, i däm Alter inne isch ds Füür gly im Dach; aber me sött's gäng o luege z meischtere u's nid eifach la obenuusflädere. Dihr müesset das em Lehrer höch aarächne, dass er ech het d Stange gha un im Sänkel bbliben isch; er ischt ja schliesslig o ne junge Möntsch. Derzue hätt er ech mit öine Dräckbriefli en angeri Gschicht chönnen aareise, wen er wölle hätt; er het's aber nid gmacht, für nech z schone. Itz aber het er gnue, er wott nüüt meh von ech wüsse.»

Das het du zvolem ygschlage by ne. Si sy der Lehreren a Hals ghanget u hei re der Gottswillen aagha, si söll ne hälfe, dass di Sach umen i ds rächt Glöis chöm, an ihne söll's de nümme fähle.

«Gaht ech zu ihm ga versprächen!» macht si mutz.

«Chöit sälber lose, was er seit!»

Karludi het i syr Schuelstuben inne gwartet u di Uschehrete von uberobe ghört. Wo di zwöi Meitschi gly nachhär ghörig bbrätschet vor ihm gstange sy, het er sche gar nid la zum Wort cho.

«So, het dä Dokterzüüg doch itze gwürkt? ... Nu, de isch d Sach rächt!» het er chly puckte zue ne gseit, het ne derby d Hang ggä, u druuf hei si ume mit ihm dörfe heilouffe.

*

Herter aagstellt het ne das Ugfehl, won er du mit Hanses Röbun vom Hämlisbach gha het. Di grössere Buebe hei aagfange gha, öppe mitenangere ne Hoselupf z mache i der grosse Pouse. Er het der Chnorzeten es paarmal zuegluegt. Wil ihrere paar im Seminar o no vil i der Sach gmacht hei u sogar einischt amene Schafschwingetli im Louffebedli us gnots obenuus gschwunge hätte, ischt är i däm Fach o fei echly deheime gsi. Drum het's ne gjuckt, da o sy Kunscht z zeige u het mit em Gröschte zämeggriffe, für sche der inner Brienzer z lehre, e Schwung, wo sälbisch grad nöi ischt usecho gsi. Dä gross Melk, wo ordeli starchen isch gsi u no so halbersch ghoffet het, er chönnt am Änd wi liecht no der Schumeischter sälber bodige, het si aber nid so mir nüüt wölle la uberrieschtere. Drum het er verha wi ne Sibechätzer u si gstabelig gmacht, dass si schliesslig ganz dumm zäme z Bode gheit sy. «O wetsch, o wetsch!» het Karludi ddäicht, won er'sch derby het ghört chlepfe.

U richtig isch es so gsi; dä Röbu het ds Bei zerheit gha. Het das es Wäse ggä, wo dä am Bode glägen ischt u schuderhaft gweielet het! Di angere Buebe sy ganz bleich dagstange, u d Meitschi, wo ihrer Nasi o hei zuehegstreckt gha, hei aafa schnüpfe. Ihn sälber het dä Chlupf so erhudlet, dass er ganz vertatteret dagstangen ischt u nid gwüsst het, was mache, bis du d Lehreren isch cho un Ordere ggä het. Si het e Matratze la uf enes Charli tue, der Verunglückt süüferli ghulfen uehelüpfe u nes paar Bueben aagstellt, für ne heizfüere.

«So, Karludi, du muescht o mit», befilt si dezidiert. «Mitgegangen, mitgehangen!»

Er ischt hingernahe plampet u het der Tüsel la hange, erger weder Ankemaas Esel. Es ischt ihm nid vil angersch z Muet gsi weder eim, wo zum Galge gfüert wird. Us allne Hüser use sy natürlig d Lüt cho z springen u hei wölle wüsse, wi das här- u zueggange syg.

«U de erscht deheime, was wärden ächt die säge!» het er in eimfurt uf däm Armsündergang für ihn sälber gchummeret.

Es isch du dert aber no ganz glimpfig abglüffe, glimpfiger, weder dass er schi nume het ddäicht gha. Ds Müeti het fryli d Häng uber em Chopf zämegschlagen u schröckelig aafa brüele, wo si mit däm merkwürdige Chranketransportfuerwärch gäg em Huus zue cho sy, u der Alt, wo grad Mischt verleit het, ischt ugäbig i Chutt cho: «Was wird ächt no alls Verfluechts gguschtet i däm Schuelhüsli äne? Aber äbe, so geit es; we me jung Hüng zämetuet, so wird ggangglet u ggabriolet, bis eine nes Näggi dervotreit. Es nähm mi itz de bim Tonner wunger, gob das de nid gly ufhört.» U derzue het er mit der Gable umenangere gfuchtlet, dass me nid gwüsst het, wott er sche i ne Legi Mischt oder Karludin i ne hingere Viertel stecke. Wo si dä du afe chly het bchymt gha, het er ne du der Här- u Zuegang bbrichtet, het si grüüseli ungerzoge, win ihm das leid syg un er lieber wetti, es hätt ihn preicht, un er wöll de für alls ufcho, bis du ds Müeti afe d Ougen abputzt u chly anger Wätter gmacht het.

«He ja, aber me cha de o nid nume der Lehrer tschuld gä. Er wett allwäg o lieber, das wär nid gscheh. Wen eim es Ungfehl wartet, so cha men i Gottsname nüüt dergäge mache. Itz isch es halt eso, u da git's nüüt angersch, weder schi luege dryzschicke.»

Es het drufahe Karludi fryli afe chly gliechtet; aber a der Burdi het er glych no lang z chrääze gha. Er het no em Dokter Bricht gmacht un isch gschlagne gäge heizue gnepft.

Zmornderischt het ihm d Lehrere vor em Schuelhüsli passt u ne tröschtet: «Gäll, Karludi, du hescht itz gwünd grad mängs gha ungereinischt. Aber la dessitwäge nid öppe d Fäcke la hange! Di Lehrblätze sy wäger o für öppis guet!»

E Schuelkommissionssitzig

Wi Karludi nid angersch erwartet, het sys Ygryffe wäg em Verdingbueb uf em Buechrein obe bös Härd ufgworfe, bsungersch bir Meile, wo süscht scho als räässi Rüeberäfflen isch bekannt gsi. Wo si nume chönnen u möge het, het si uber ihn losgchesslet, wi wen er i ke Schue yhe meh guet wär.

Dä Bueb heig's bi ihne meh weder nume guet gha, u was syg bbrichtet worde, syg nüüt angersch weder e verfluechti Lugi. Dä jung Schnuufer vo Schumeischter, wo nid emal zgrächtem trochen syg hinger den Ohre, söll nid rächtschaffene Lüte wölle ga Dräck i d Milch mache. Dä heig vor syr Tür zwüsche gnue, bsungerbar wil me wüss, won er härchöm. Es wär gschyder, er luegti i syr Schuelstuben inne meh zur Sach, weder wölle d Nasen in anger Lüte Tischtrukken yhe stecke. Hätt är di Buebe chly besser i de Fingeren u tät sen albeneinischt ghörig dürewalke, anstatt mit ne der Lööl mache, dass si derby d Scheichi zerheie; de passierti nid settegi Sache. Aber äbe, so gang es hürmehi, so wärde di Pursch vertüüflet i der Schuel, u de sötte de die deheime tschuld sy, wen öppis Hagus passieri. Das gäbi e schöni Paschteete, we me das länger so lies la schlittle. Si gang itz grad vor di rächti Schmitte mit ihm; däm müessen itz eis d Ysen abbroche sy... Teil Lüt hei re chly gället, angeri, wo ihri Tschädere o scho hei erfahre gha, hei vermöikt glächlet uf de Stockzähne hinger.

Wo Karludi ei Aabe für a d Schuelkommissionssitzig gäge der Arigepinte zue staabet, isch sy Bäremeter so zwüsche Zwyflen u Hoffe gsi. Er het so halbersch ddäicht, die Sach chönnt vilicht hinecht on uf ds Tapeet cho, di Meile wärdi wohl bim Presidänt oder bim angere Schuelkommisiönler sy ga chlööne, u das Ungfehl mit em Hämlisbach-Bueb het nen o gäng no plaget. I der Pinte isch er fei tuuchen i di inneri Gaschtstuben yhe trappet, wo sy Lehrere un o die von Arige u Rötlige, won o zum glyche Schuelkreis ghört hei, scho am Heretisch im Egge glismet hei. Am länge Tisch vor isch der Presidänt mit Grossegg-Simen u Schmitte-Ludin hinger eme halbe Wysse ghocket; ds Jasstecheli mit Spiil u Tafele wär o scho vor ne parat gsi.

«So, Karludi», lächlet ihm Sime zue, «mir warte scho lang uf eine für ne Chrützer. Chumm hock grad da zue nis!»

«Jä, i weis nöie nid», macht dä ordeli chlyne. «I cha mi da allwäg nid ufla gägen öich, u dihr wäret allwäg nume plaget mit mer.»

«He, das wird öppe nid so bös sy», meint Gottlieb alle gäggels. «U derzue lehrsch es nie jünger. Mir hei gwünd Sorg zue der.»

Sii zwee sy zämecho, u druuf isch es losggange. Weder Karludi isch nid grad so bir Sach gsi, win es si zu settigne Patäntjasser ghört hätt. Er het wylige dernäbeghoue u de albe dür d Chnüttlete müesse, er heigi der Puur vil z gly ggä; der Letscht hätti e Huuffe meh zellt, un er hätt doch Böck gha; warum er die nid afe zoge heig. Karludi het der Äcken yzoge u gueti Myne gmacht zu däm böse Spiil. Aber wo si du glych di angere zwuri nachenangere hei gschwartet gha, het ihm doch du Gottlieb fei echly der Balg gstrychlet u grüehelet: «Mou, mou, me cha di bruuche, du lehrsch es de no by nis.»

Ungerdessi sy di angeren o zueheplampet u hei am obere Tischeggen enangere purschiltet. Won es du afe so gäg de Nüüne rückt, leit der Presidänt d Charten ab, drähjt der Chopf desume u seit: «So, ihr liebe Lüt, i gloube, ja eh, di Anwäsende wäre da. Mir sötten allwäg, ja, me mangleti öppen aazfa. So leget d Charte es Rüngli ab, Manne!»

Das het Karludin aafa wohle, wil er ddäicht het, so unerchant bös wärdi's chuum chönne gah, we der Presidänt so gmüetlig aafai. U dä het di Sitzig so gäbig u wärklig wytergfüert, dass ihm bilängerschi heimeliger worden isch.

«So chäme mer däich afe, ja, also afe zu de Absänze. Wi isch es ggange mit em Schuelha? Heit dihr keni Aazeige, du Emil, z Arige?»

«Nei, es het ekes zvil unentschuldigt gfählt.»

«U bi dir, Sami, z Rötlige?»

«Es ischt o nüüt.»

«U däich bi dir o nid, Karludi, z Göttiwyl, u d Ungerschüeler fähle ja sowiso nid unentschuldigt.»

«Nei, mir hei nüüt z mälde.»

«Nu, i ha's scho mängischt gseit, es syg de hingäge schön bi üs, ja, dass üsi Lüt d Pursch nid zvil d Schuel mache z versuume, i wotti säge, dass syg es guets Zügnis für d Schuelfrüntlichkeit in üsem Viertel. Ja, mir chöi nis da gwünd fei echly meine. Un itz sötte mer däich no, ja eh... wär es däich nahe, dass me wäge de Schuelexame tät rede. Äbe, me sött öppe de wüsse, we me se wotti ha. Oder was meinet dihr, Manne?»

«Es wurd allwäg scho nüüt schade», nimmt Sime ds Wort, «we me di Exametage tät feschtlege, vowäge d Oschteren isch hüür ordeli früe, u da wär es de scho guet, we me dermit vor di helegi Zyt chäm, nid wahr, Ludi?»

«I bi ganz der glyche Meinig», stimmt dä by. «Wen albe d Ungerwysiger scho erloubt sy, so isch es de nöime nüütnutz, we si no z Schuel müesse. Da hei si de gwöhnlig scho angersch Züüg im Chopf.»

«He äbe, es isch süsch gäng so brüüchlig gsi, dass me vor Oschtere Schluss gmacht het. Oder was seit d Lehrerschaft derzue? Wott si vilicht Emil usspräche?»

«Mir sy o der Meinig, u mir möchten ech d Wuche vor helig vorschla, vilicht Mittwuche, Donnschtig u Frytig.»

«Isch me mit däm yverstange?»

«Ja ja», het's eistimmig tönt.

«Guet, so wei mer'sch, ja eh, däich so mache. U ds wyteren uberla mer ganz der Lehrerschaft. Wen im Fall Karludi no nid rächt der Rank sött finge, ja, i wotti säge, wil er ds erschtmal drachunt u ja, eh, vilicht no nid grad weiss, wi mer'sch itz öppen albe gmacht hei, so wärden ihm di angere scho chly zwäghälfe... Het süsch no öpper öppis uf em Härze?... We nid, so hätt ig no nöjis vorzbringe, ja, i müesst eigetli nid, aber i mache's grad äxtra, absolut. Es gieng äbe meh oder minger üse Karludi aa.

D Meile vom Buechrein, ja eh, dihr wärdet se ja alli chenne, isch verwiche gar heidemässig zue mer cho spängelen u cho bouelen uber ihn, wil er schynts ufgredt het wägen ihrem Güeterbueb, dass ne dä isch wäggno worde; ja, es sy Schüttine cho, wi us ere groblöcherige Rittere. Für re loszcho, ha re du versproche, mir wölle de luegen u di Sach ungersueche. Druuf ha mi du on erkundiget, un i cha nech nume säge, dass Karludi het rächt gha, ja, dass dert würklig het müessen ufgruumt wärde dür ds Fuetertenn hingere, ja, i wotti säge, me hätt dä Bueb nümme länger dert chönne la sy; dä mues dert grüüseli bös i de Nessle gsi sy. Karludi bruucht si also de dessitwäge nüüt la a der Houe chläbe, ds Gunteräri, es fröit mi, dass er schi settigen arme Pursche so aanimmt. Das isch grad schön von ihm, absolut.»

Drufhi isch du Karludin der Haber fei echly i Chopf gstige, un er däicht, itz wöll er das wäg em Ungfehl mit em angere Bueb grad sälber uspacke. Aber Sime het ne chuum la usrede.

«Ja, da bruuchsch du gar nümme vil Wort z verliere derwäge; das wüsse mir scho lang u gä der wäge dessi wääger ke Abputzer. Me mues ömel öppis fürnäh mit dene Buebe, u nes Ungfehl cha me mängischt o mit em beschte Wille nid verhüete.»

Alli nicke, dass si di Sach o so aaluege. Nume Schmitte-Ludi, wo di Niderlag vo vori bim Spiil no chly i d Nase sticht, luegt si Karludin no chly a d Hose z häiche: Ds Schwinge syg ja guet u rächt, nume düech's ihn, i der Schuel sött me's doch ungerwäge la oder ömel sött der Lehrer nid mit de Schuelbuebe zämegryffe, vowäge, das syg gäng chly ne chutzelegi Sach. Mögi der Lehrer der Bueb, nu guet, aber wi dumm es de füre Lehrer wär, we dä im Fall ihn ufe Gring stellti, u das wär de mit settigne Behle, wi gägewärtig z Göttiwyl sygi, no grad einischt mügli. Da wär eine de schön im Bucki, u das wett är ömel unger kenen Umstände risgiere.

Da syg är aber angerer Meinig, het Gottlieb druf gseit. Er heigi gäng Fröid, wen er Buebe gsehj schwinge, u we ne Lehrer o öppis vo däm verstahj, so sygi's rächt, wen er nen öppis vormachi; er mües das ja bim Turnen o. Karludi wärdi scho wüsse, was er mach; er söll nume so zuefahren u nid dessitwäge d Flinte wöllen i ds Chorn wärfe. Dä het ne ddanket für ihres Guetmeine, aber bi sech sälber ddäicht: «Un i mache's doch nümme!»

Itz het Gottlieb no ds Schlusswort ergriffe: «We süsch nüüt meh isch, so wäre mer däich fertig, ja, mit de Verhandlige u fahre grad hie no chly wyter. So bring is da no ne Liter, Rosetti, u du, Karludi, mangletisch de ds Spiil z gä! Also, Härz isch Trumpf, un i wyse grad hundert mit Stöck!»

Wo si du äntlige lang na Mittinacht afe vo Heigah gredt hei un afe ufgstange sy, het er Karludin umen uf d Achsle topplet u zfridne gmeint: «Itz hesch es bim Tüünerli scho fei echly los. Fahr nume so zue, absolut!»

Ds Schuelexame

Es rückt em Hustage zue. Di Hüüffe Schnee, wo di breitddachete Hüser e ganze Winter lang drunger hei z pyschten u z pärschte gha, la si süüferli zäme, u di hölzige Dachtroufchännle hei schier der ganz Tag z tüe, für ds Wasser dervo la i Huseggen ahe z rünele. A de Sunnsyti vo de Göttiwyler Höger mache si aperi Blätze breit, u näb em Chruuslehag strecken afe nes paar Schneeglöggli d Chöpfli füre, für z luege, gob si's ächt zgrächtem dörfte wage. I de Hoschteti chöi d Rinscher (Stare) nid gnue aawänge mit Zwirnen u Rügele, für z zeige, dass si ömel de ume da syge, u la derzue ihri gspräglete Chuttefäckli i der Sunne glitzere.

Uber d Schuelpursch chunt itze ne Jascht u nen Urueu, dass es fasch nümme mit ne z gattigen isch. Es rückt em Exame zue! U die näh si vo der Schuelstuben o ufe Schuelwäg u trage se mit ne hei.

«Müeti, wenn chunscht itz de mit mer zum Schnyder, für ne nöji Bchleidig la aazmässe?» chääret der Köbeli Tag für Tag, u ds Bethli angschtet in eimfurt: «Chunt d Nähjere itz de nid gly uf d Stör, für mir der Rock z mache?» Es isch chuum es Purscht i der Schuel, wo nid uf ds Exame hi öppis Nöis uberchäm. We Drätti u Müeti süsch grüüsli hingerhäägg sy dertdüre, für dä Tag verseit es si von ihm sälber.

On i der Schuel het me vil Wärch a der Chouchle. Stungelang wird a de Examezedlen umeggäggelet un umegchriblet, mängischt voraagfange u nid lugg gla, bis ds hingerscht Tüpfli bolzgrad uf em I steit u de äntlige ryf isch zum Abgä. Me weis drum, dass me na der Gschrift o dämentsprächet ygschetzt wird. Schöni Lieder wärden ygüebt, allergattig Gedicht usseglehrt un öppis zum Uffüere für i zwöite Teil ygstudiert, u Fröid u Bange uf ihres Feschtli hi cha me vo Tag zu Tag dütliger ab ihrne Gsichtli läse.

Am Tag dervor git's Schuelstubewösch un Usgarnierig. Die vo der letschte Klass hei ds Vorrächt zu däm. D Meitschi rücke mit Rysbürschti u Fäglümpen aa u d Buebe mit Züberli, Chesslen u Chörbe. Itz wärde zersch d Bänk u Stüel usegruumt u dussen erriblet un erfägt, bis si di Chrinni bi de Jahrringe ume zvolem fürela. Dernah chunt d Stube dra. Im Chucheli uberobe wird Wasser ploderet, d Buebe trage's i Chesslen u Züberli ahe, un innefer huuse d Meitschi mit ufgsteckte Chittle u hingereglitzten Ermle desume, dass kes Eggeli u kes Pföschteli uberblybt, wo nid d Bürschten u der Fäglumpe hätt z gspüren ubercho.

Da chömen es paar anger Buebe mit Püntle Chriis u Chörbe voll Miesch cho derhärzchyche, wo si derwylen im Wald obe zämegramisiert hei. Itz hocke d Meitschi a ne Reie u binge das a längi Seili zu schöne Girlande. Di wärden a d Wäng uehe ghäicht, u da git es mängs Dischpidier, gob me se nid chly meh sött la abehange, gob es nid schöner wär, we me se höher uehe tät u gob ächtert gnue Papierröseli u Lätschli dranne syge. Ds Lehrerpult wird ganz mit Chriis ytoggelet, un uf der vordere Syte tschauplet der Bärnerbär uf rotem Grund schreeguehe. Er streckt d Zunge ordeli läng use u lächlet ne zue: «Dihr hättet bis dahi öji Sach de brav gmacht», het doch derby der Taupen uuf u dröhjt dermit: «Aber syt mer ds Hergets u machet morn em Schumeischter öppe Schang ane!»

Ussen a der Türe wird e Spruch, wo Bethli u Roseli mit ihrer Rundschrift exakt zwäggchrättelet hei, gheftet u mit Efföi ygrahmet.

«Seid willkommen, ihr lieben Leut,
Zu unserem Schulexamen heut!»

Gsunndiget un ufpützlet gseht itz di alti Schuelstube dry, wi nes hübsches Meitschi, wen es z Tanzsunndig wott.

Wi d Pure na me grosse Wärch de albe no eis feschte, so hei's o di Göttiwyler Pursch gmacht. Itz häiche si ihri Aaserseckli ab de Häägge, chrame Brot, Chäs, Wurscht u Güezi füre, richte Gaffee aa un ässe, treiche, guglen u liede no ne Rung nach Härzesluscht u gah uuf vor Fröid, a der erwärchete Fröid, wo ne grosse Teil vo üser hüttige, chly verwöhnte Juget ke blassi Ahnig dervo het.

Zmornderischt zmittag isch es du zgrächtem losggange. Wen es scho gstrubuusset het u gschneit, wi Chüngelischwänz, sy doch di Lüt vo allne Syten ahe cho derhärz'zuge. Di länge Vorstüel der Wang naa u hinger i der Schuelstube sy bis zum letschte Plätzli bsetzt worde. Vornahe hei si di Manne vo der Schuelkommission umständlig gsädlet. U d Pursch sy suber gwäschen u schön gstrählt gsi, dass me se fascht nümmen umegchennt het. D Meitschi mit himelblaue oder züntrote Sydelätschli i de Haare u d Buebe mit luschtige Tschötteli oder gfarbete Grawättli a de Chräge, u Gringli hei si alli gha wi jähregi Leghüendli. We de so nes Gritli e gueti Antwort het chönne gä oder e Hansli e Rächnig ungschnuppet het chönnen uflöse, de hei si gschwing d Chöpfli ddrähjt, für z luege, was ächt Drätti oder ds Müeti derzue säg. U de het me chönne gwahre, wi's i denen ihrne Ougen o aafat glitzere, wil das Flämmeli vo de Junge zu den Alte ubere zünglet het u dert o nes Fröidefüürli ufggangen isch. Druuf het es aagfange hänglen u chüschele i der Froue-Reien inne: «Gäll, Hanses Bethli, wi das d Hang gäng dobe het! U Fritzes Ludi, wi dä im Rächne bschlagen isch! Das git de einischt eine, auwäg däich!» U mänge Drätti het de o der Chamme gstellt, wi wen er mit sym prämierte Rind a der Vehzeichnig i der vorderschte Reie stieg.

O Karludi isch guet im Strumpf gsi. Es het ihm fryli zerscht echly ggramselet ubere Rüggen uuf un ihm ordeli zämegchlemmt bim Halszäpfli hinger. Nach em erschten Aaschutz het's ihm du gradeinischt aafa lugge, un es isch ihm glüffe wi am Schnüerli. Er het o Fröid gha a syne

Pursch, dass se si so brav gstellt hei u sy Müei un Arbit o a nen aagschlage het.

Wo du o di schöni Stung mit Singen un Ufsägen isch verby gsi, wär du das cho, won em Presidänt gäng echly Buuchweh macht: Sy Abdankigsred. Me mues's ja scho säge, das erlist so emen angfährte Puremanndschi scho chly der Tüsel, so vor ne Huuffe Lüt z stah un öppis zämezbrote, wo Häng u Füess u Chuscht u Tuget het, u Gottlieb het meh weder numen einischt gseit, er heig ja scho vil gnue ta u früeher mängi unerchanti Rääfete buechegi Spälte us de Greben uehe pugglet, won er no uf den Arnibärge inne syg Chüejerchnächt gsi; aber verflüechter z schwitze heig ne de doch no nie nüüt gmacht weder di donschtigs Examerede. Er het also hütt i dä suur Öpfel müesse bysse. Er steit ume chrumme zum Pult zuehe, het si mit der rächte Hang am Dechel, versorget Duumen u Zeigfinger vo der linggen im Schyleetäschli, drähjt der Chopf es parmal desume, schläkket derzue ärschtig d Muuläschpen u fat aa: «Verehrti Anwäsendi, liebi Chinder! Mir hei hütt Exame gha, un i sött däich... ja, i mangleti itz no öppis zäge. We me süsch grad nüüt weis, so fat me gwöhnli öppe ... ja, mit em Wätter aa.» – Wil er derby scho zwuri chly gspöit u scho ume nes troches Muul het, so mues er früsch ume salbe. «Es isch dusse nid grad ... ja eh, absolut nid grad gäbig, aber da inne ... de wohl. Mir hei da allergattig ... ja, i wotti säge, ghört u gseh, un i weis fasch gar nid ... ja, weis i nid ... wo aafa.» – Er wächslet Stang, stellt der rächt Fuess füre, anstatt der lingg, u wott es Spöiferli la gah, bringt aber nume nes chlys Schüümeli zwäg. Drum mues er ume mit der Zunge nahehälfe. – «Dihr heit de gar donschtigs brav grächnet, ... ja, wi me's grad eso cha bruuche im ... im gwöhnlige Läbe, u das isch de ... ja eh, grad no chly wichtig.» – Es wär umen öppis nahe, aber spöie chan er nümme. Derfür mues er di grosse Tröpf a der Stirne mit em rotbluemete Naselumpe, won er

fasch nid us de Fäckli vo sym Chlopferli fürebringt, abputze.
– «On i der Geographie isch es ... de schön glüffe. Dihr heit di Bärgen u Flüss u zätra vo üsem Ländli ... grad guet gwüsst ... ja eh, u chönne zeige, u das isch eh ... o wichtig.»
– Er git em Chrütz es Zwickli, dass er chly greder z stah chunt u tuet chly nes lüttersch u höhersch Regischter yhe.
– «U was mir ..., ja, i wotti säge, üs allne bsungersch gfalle het, das isch ... der Baurenstand. Dihr heit ja druber gläsen u druber gredt, dass me dä söll ... ja, eschtimiere, u das isch de eh ... ganz wichtig, absolut.» – Es het ihm der Schweiss füretribe, dass er ihm uber ds ganze Gsicht ahe louft u ne Tropf sogar a der Nase blybt hange. Wen es de ganz söll gälte, so verlyret er schi de gwöhnli gäge Schluss i ds Schriftdütsche yhe. – «Ich kann dahär im Name von der Schuelkommission öich mitteile, dass mir mit öich u ja eh ... mit em Lehrer zufride sy. Ich möchte ihm der härzlichste Dank usspräche ... ja eh, für die Mühe, won er mit ech gha het, u mir wei hoffe, dass är noch lange wärdi byn is blybe.» – Itz wär d Houptsach use, un er mues chly verschnuppe, bis er ume cha aasetze, für der Räschte usezbringe. – «Itz gah mer no zäme ... ja eh, di wärte Examebesuecher sy de o yglade, no chly i d Pinte ahe; dert chöit dihr de no chly nes ... Fröideli ha, es Tänzeli mache u, ja eh ... hebuleete. ... Itz hätt i de da no nes Glas.» – Er nuuschet so eis us em Hosesack, tuet das Fränkli, won er scho lang mit Zeigfinger u Duumen im Schyleetäschli zämegchlemmt het, dry u het das Wäsen uuf. – «I möcht das itz ... ja eh, la zringetumgah. Es wäri für di Schüelerreise, un es tät is ... ja, i wotti säge, d Chinder fröie, we di Besuecher o ihr Schärflein würde eh ... beisteure. Un itz hätt i ... ja eh, gschlosse, absolut.»

Gottlieb schnuufet uuf, wi wen er us de Traager vo re schwäre Rääfete chönnt schlüüffe, putzt ume der Schweiss ab u steit chrummen a d Wang aa.

Itz steit Grossegg-Simen uuf. Er nimmt us syr Seehungtäsche nes paar Gältrollen u läärt di nigelnagelsnöie Zähneni u Zwänzgeni uf ds Tischli näb em Pult a zwe Hüüffe.

«So, liebi Chinder», lächlet er u rybt derzue syni Chlobihäng, «itz chäm däich no d Houptsach. Dihr heit doch scho lang uf en Examebatze gwartet. Es söll itz eis um ds anger da verby cho. Mir fa grad da zvorderscht aa, u nachhär geit's der Reie nah, bis es niedersch isch dranne gsi.» U dernah sy di Pursch mit ihrne glänzige Nickelstückli wi d Tubehäbch uf di Weggefroue losgschosse. Di Chlyne hei re d Glaserstängeli, d Wybletter, d Tartarechuechli u d Dreizingge ghörig mache z mingere, e Zytlang nume gläcket dranne u süüferli abbisse, dass si ömel ja rächt lang a der Guetsach heige. Di Grosse hei's de meh uf di schöne Läbchuechehärz abgseh gha, u d Buebe hei de di Sprüchli zerscht guet studiert, bis si es gäbigs funge un erhandlet hei, für'sch amene Meitschi z verehre.

Na däm Chramet isch me langsam gäge der Arigepinte zue plämpelet; uf em Gygerlöibli im Tanzsäli het Gyger-Kobi scho lang mit sym Handhärpfli passt un ungeduldig a syne Chehrline ume tüüderlet, u won er du zgrächtem usziet, isch es du mit der Gumperei losggange. Zerscht sy afe d Meitschi aleini zäme gfahre, un öppe nes paar chlyneri Buebe sy wi toubi Hurnüüss sytlige cho dür ds Säli uus z schiesse. Erscht wo si du afe chly sy erwarmet gsi, sy du d Meitschi o di grössere Buebe ga schrysse, u we die o gar schützli gstabiochtig ta u nen eis uber angerischt uf de Zehjen ume tschauplet sy, so isch es glych ärdeschön gsi. Zwüschenyhe hei di Grösseren öppis ufgfüert, oder me isch zämegstange u het eis gsunge. Am Türpfoschte anne isch Gottlieb gstange u het nid gnue chönne losen u luege; me het ihm aagseh, win er wohl dranne läbt.

«Gäll, Karludi», lächlet er nen aa, «es ischt eifach schön bi der Juget ume! Es tät eim bim Donschtig fasch gluschte, o grad ... mitzmache ... ja eh, mi wurd bal fei sälber ume jung.»

«Wei mer öppen o eine fahre zäme?» macht dä zgspassem u nimmt ne bim Chuttefäcke.

«Nei, i gloube nid; i bin ihm nöie nie grad eso druffe gsi, u de vor de Pursch ... ja eh, ömel de gar nid. Aber los, we d' mer wettischt es Gfalleli tue, näht no einisch das Lied «Früh morgens». Das het mer dobe gar wättigs wohl gfalle».

U wo du ds Bärtschi Setti mit syr Glögglistimm das «Dann gehet leise nach seiner Weise der liebe Herrgott durch den Wald» solo gorgelet het u si am Schluss das Lied bilängerschi hübscheliger hei la vertöne, da het es du Gottliebe zvolem der Boge ggä. Er het no nes Rüngli vorahe gstuunet, isch mit em Handrüggen uber d Ouge gfahre u nachhär zur Türen uus un uber d Stägli ahe gchlepft. Erscht wo du d Pursch bim Weggli u bim Sirup ghocket sy, het er schi du ume zeigt u no einischt gseit, wi das ihn fröi, dass alls so guet ggange syg. Aber itz syg es nahe, für mit de Chinder i ds Bett. Si söllen itz schön ordeli hei u nid öppen öppis Ugattligs aastelle, dass me mües Verdruss ha wäg ne; aber das mache si ja nid, das wüssi är wohl.

So wär für seie di Exameherrlichkeit ume für nes Jahr verby gsi; i der innere Gaschtstube het si aber erscht du aagfange. Dert het d Wirti d Tische ddeckt u zwäggmacht gha, wi zure Hochzyt oder zure Touffi, u dernah isch d Schuelkommission mit der Lehrerschaft zum Examenäsen ghocket. Was da alls ischt uftischet worde! Es isch ggange vom Chalbsvorässe mit Härdöpfelchrügeli zur Milchligpaschteete, vom Söibrägel mit Rätechsalat zur Hamme mit Bohne, u het de ustönt bi Öpfelchüechli i puurem Anke bbache, Turten u Nydle. Zwüschenyhe het men öppen echly bbrichtelet, vo disem un äim wärklegi Müschterli erzellt u dickischt Gsundheit gmacht mitenangere. U we de Rosetti gäng früsch ume Platteti voll uftreit u bbalget het, si ässi ja nüüt, gob di Sach nid rächt syg, so isch de ds Wehre losggange, si bringe mit em beschte Wille nüüt meh ahe un es wöll ne scho itz d Chnöpf ab em Hosegurt spränge. Öppe nes guets Gaffeli mit eme Chirschiwässerli chönnt am Änd nüüt schade; das tät echly verschryssen u verteile. Rosetti aber meint, si hätti ddäicht, mit däm no nes Momänteli z warte. Si heigi äxtra de no Verhabni gmacht u wetti de die no zum Gaffi särviere. Kobi wäri no mit em Härpfli da, un itze sölle si o no ubere ga nes Tänzli mache, nachhär möge si de scho umen öppis.

«He warum de nid?» seit Sime da derzue. «Das wär ömel no lang nid ds Dümmschte. Echly schreegle wurdi gwünd nüüt schade; das stunggeti ahe u miech so ume Platz für nöji Ruschtig.» Wo du vom Säli här es gleitigs Galöppli isch cho z troole, isch es du verrichtet's gsi. Scho het Schmitte-Ludi di jungi Arige-Lehrere a der Hang u waudet mit ere düre Gang use, Sime mit der Göttiwyl-Nähjgotte nahe u di angere hingerdry, für i das Galöppli yzsetze. Di uberzäh-lige Mannevölcher noblen eifach zäme, u das stungget u stampfet uf däm ghogerige Tanzbödeli ume, dass der Wirt druff u drannen isch, i Stall ahe mit Heblige ga z ungerstelle. Gottlieb steit ume bim Türgreis u noulet in eimfurt mit em Plouel der Takt nahe. Wo Karludi dä so im Jääs gseht, däicht er, itz wär allwäg der Zyme guet.

«Was meinsch, Gottlieb, wei mer dä o zäme ha?»

«Gluschte tät's mi bim Sackerli itz de o no bal; aber äbe ... ja, i weis äbe nid, so nen alte Gstabi, win ig afe bi.»

«Me isch nie z alt für nes Tänzli; chumm, i will di füere!»

«Aber dass mer de ... ja eh, nid öppe z unerchant dry-geisch. Es chönnt mer süsch de vilicht no ... chönnt's mer de gschmuecht wärde.»

Si stah zämen y. Karludi fasst ne fescht um ds Chrütz un är ihn bir Achsle. Wo si öppen afe zwo Saallängine sytlige hei aagloufet gha, meint Gottlieb du afange: «So hüü i Gottsname! Aber wen i de ‹uha!› säge, so hesch mer de still.»

Das Züüg isch zerscht echly waggelig u sackig ggange; aber wo si du eis zgrächtem sy drinne gsi, sy si du no rächt styf füretsi cho, u Gottlieb het nid gmerkt, dass vo den angere niemer meh tanzet, dass alls uf der Syte steit u däm Presidänte-Solotanz zueluegt. Das hätt niemer ddäicht, dass dä no so chönnt ab em Hälfterli cho. Der Handhärpfler het du afen äntlige wölle ds Schlusschehrli mache, aber me het ihm z bedütte ggä, er söll nume no eis hingerfür, u derzue het me ne mit Häng u Füess zumene längerschi gleitigere Tämpo tribe, dass di zwee schlussäntlig nume no wi Hurlibuebe desumezwirble. Het das es Glächter u nes Brüel ggä i däm Säli inne! O d Wirti isch cho zuehezpletsche, u der Bängel an ihrer Schöibe mues in eimfurt uehen un ahe gumpe, so tuet's ere der Buuch erhudle. Teil müesse gäng aneim d Chnöi erbrätsche, angeri sich umdrähje u si ubere Tisch y chrümme. «Karludi, häb mit mer still; es wird mer … allwäg gschmuecht», chychet itz Gottlieb füre. Dä wott aber nöie nid vil ghöre, wil der Härpfler gäng früsch umen aasetzt.

«Los, bim Donschtig … wei mer … ufhöre. Es isch mer grad … ganz sturm.»

Wo Karludi merkt, dass er aafat bleiche wärden u helte, däicht er doch du, es syg allwäg gschyder, er ziei der Mechanik aa. Er het still u lat ne gah. Da rieschteret er zerscht hingertsi a Tisch aa, nachhär geit es mit ihm sytlige gäg der Türe zue a d Wirti aa. Die wott nen ufha, verliert aber der Stang, trappet dermit uf enen ungere Tritt ahe, Gottlieb het si a re, u so chrugle si zämen uber ds Stägli ahe. Der Wirt, wo i der Gaschtstuben inne das Brüel u das Göiss o het ghört gha un isch cho usezspringe, cha grad no zueheschiessen u di Burdi chly ufha, dass si nid z unerchant ufe

Sangsteibode tätschi. D Wirti isch nöie grad umen uf de Füesse; vom rächte Fuess het's ere der Pantoffel abgsprängt gha, süscht het's ere weni u nid vil gmacht. Si schiesst uf dä los u sächet dermit mit züntige Backe düre Gang uus i d Chuchi yhe.

Gottlieb aber isch gäng no am Bode u cha gäng no nid zgrächt cho. Wi bimene Handbännli, we me's für'sch z lääre zungerobegheit, de albe no ne Zytlang d Reder zringetum chlefele, so isch es o mit ihm ggange. Wen er scho uf em Rügge ligt, so scheichlet er gäng no in aller Strängi wyter, wi ne Eichhorn ire Trülle. Itz fat es doch Karludin aafa Gedanke mache, es chönnt nöjis nümmen i der Ornig sy; das wär ihm aber de verflüemelet nid rächt. Drum fat er aa, an ihm pattere: «Es het der doch nid öppis gmacht, Gottlieb? Wettisch nid umen ufha? Chumm, i will der hälfe!»

Schliesslig cha me ne doch du afen uf d Bei stelle, darf nen aber no nid la gah, wil's ne gäng no uberdrähje wott. Äntlige tuet er e töiffen Aatezug: «Gottlob u Dank! Itz wär i also ... umen uf Gottes Ärdbode!»

«Ja, chumm yhe, Gottlieb! Ds Gaffi isch zwäg, u das hilft der de zvolem umen uf d Bei.» Sime nimmt nen am Arm u geit mit ihm. Grad treit Rosetti di heisse Gaffi uuf. Wo si ds erschte bi Gottliebe abstellt, lachet si nen aa: «Aber weisch, ds nächschtmal wott i de richtig nid nume mit der umgheie, i wott de o mit der tanze. Oder was seisch derzue?»

«Was i sägi? En alten Esel blybt halt en alten Esel. Das ischt eis, wo wahr isch, ... ja, eh, absolut!»

Grat-Üelkli u der Schuelinspäkter

Eirung im Wintermonet chunt Gottlieb, der Presidänt vo der Schuelkommission, gäg em Göttiwyl-Schuelhüsli zue z chouchle mit em Bricht, der Inspäkter heig de im Sinn, no die Wuche zuen is z cho. Dä heig ihm da nes Chärtli gschickt. Er lächlet derby verschmöikt uf de Stockzähne hinger, won er gwahret, wi Karludi verdutzte d Lehrere aaluegt u dere ds Bluet i Tuller schiesst.

«Los, Rosetti» macht er lächerlige zue re, «ömel du hesch de afe gar nid z erchlüpfe, absolut nid. Du hesch ne ja scho mängisch gha, un er ischt ömel no allimal zfridne gsi mit der u het di u d Pursch ja grad eh… grüemt, dass nüüt eso. Da bis nume rüejig.»

«Es miech mer alls nüüt, wen i nume dä chätzigs Grat-Üelkli nid bi den Erschteler hätt! I ha grad Angscht, är chönnt mit syne spuckigen Antworten umen öppis Dumms aastelle un alls us em Glöis bringe. We si ne nume wurde deheime bhalte!»

«Aber i wotti nume säge, öppe de ne dumme ischt er de ganz u gar nid, dä Üelkli. Är luegt mer de z heiter u z buschber i d Wält use.»

«Das scho, nume git er mängisch so kurlegi Antworte, wo me nid weis, was dermit aafa u wohi se tue. Är het mer dermit scho mängisch di ganzi Klass verhürschet, dass albe e Rung lang nüüt meh isch mit ere z mache gsi… U de tuet er gar erschröcklig gnue bim Rächne. Ds Abzie u ds Zämezelle bis zwänzg git ihm gäng no grüüsli z chnorze, u gob win er albe bim Wetträchnet d Ouge verdrähjt u Grimasse macht, er isch doch gäng der letscht.»

«Es ischt äbe nid bi allne glych; bi teilne geit's chly länger bis si der Chnopf uftüe, u mit em Steifass yschütte cha men es, i wotti säge, o nid. Dernäben isch er glych e gfröite Büebel, ja eh… absolut, win i's aaluege.»

«Das scho, aber...» u d Lehrere tuet e töiffen Aatezug.

Am Mittwuche namittag het du di Gschicht sölle losgah, ömel afe mit der Ungerschuel. Scho bezyten ischt alls zäme da gsi, u wil di grössere Meitschi funge hei, di chlyne Buebe gsehje chly zweni gschnyglet uus, sy si mit ne zum Brünndli use u hei se dert gwäschen u gstrählet, bis si usgseh hei wi früsch us eme Truckli use. d Lehrere het allne befole, d Schifertafeli u d Schwümmli suber z wäschen u d Griffle z spitze, u dass si ömel de rächt guet ufpassi u nüüt Dumms aastelli. «Hesch de ghört, Ueli?» Dä het nume chly mit sym Chruuslehübel gnickt u se mit syne blaue Öiglene tröihärzig aaglächlet.

«U no öppis», fahrt si in ihrem Gsatz wyter, «dihr dörfet de em Inspäkter nid öppe ‹Du› säge, dihr müesset ne de ehre... Hesch ghört, was i gseit ha, Ueli?» Dä het ume sys Tüllerli chly la waggele, aber wo ne alls zäme aaggöiet, ischt er doch du afe giechtige worde u het de nechere d Zunge füre gstreckt. I däm Momänt aber brüelet eine vo de grössere Buebe: «Lueget dert! Er chunt, er chunt!» Un in der Tat chunt e wohlggässne, guet aagleite Maa dür ds Strässli z schritte. Wi ne Wätterleich sy o di letschte yhe pächiert, in ihri ghogerigi Bänk ghocket u hei si da müüselistill gha. Wo gly druuf dä gförchtet Inspäkter zur Türe y cho isch, sy alli ufgstange u hei ne begrüesst, wi's d Lehrere mit ne het güebt gha. Dere isch ds Ougewasser uber d Backen achegüffe, wo si ihm d Hang ggä un ihm waggeliochtig betüüret het, wi das seie fröi, dass är umen einisch zu ihne chöm.

Dä het nid lang Fäderläsis gmacht, het si i ds Chrütz gschnellt, mit eme Herrscherblick di Schar vo tuuche Landschäfline gmuschteret un aagfange: «So so, das wär itz also d Ungerschuel vo Göttiwyl. Wivil syt dihr da eigetlig?» Wil keis vo dene Schäfline het dörfe ds Muul uftue, isch du d Lehrere ygsprunge: «Mit dene zwöi Chrankne, wo hei müesse daheime blybe, wäre mer sächsefüfzgi, Herr Inspäkter. Dert zhingerscht sy d Viertklässler, da am vorderschte Bauch di Chlyne u zwüscheninne die vo der Zwöite u Dritte.»

«Un alls liebi u bravi Pursch, win i gseh. Henu, mir wei grad druflos u luege, was dihr chönnet... Mit de Grössere möcht i zerscht afen echly läse, u derwyle chönne di Chlyne da vor öppis uf d Tafele zeichne. Es isch glych was, eifach öppis, was dihr gärn heit.»

Das Läse isch no rächt guet ggange, un er ischt im ganze zfride gsi dermit. Nume sött bi teilne d Ussprach no chly ghoblet wärde, si syg no ordeli grobhölzig. Dernah het er sche gmacht z schrybe. Es het eis müessen es Gschichtli erzelle, u das hei si de i der Schriftsprach müessen uf d Tafele bringe. «U derwyle gan i itz füre, für z luege, was die zeichnet hei.»

Er het da allergattig z gseh ubercho. d Meitschi hei meischtens Blüemli, Vögeli u Büüsseni uf de Tafeli gha u d Buebe de meh Chüe, Ross, Geissen u Schaf u derige Züüg. Em Inspäkter het's bi mängem Gschoue d Muulegge hingere zoge, aber doch am ergschte, won er Üelklis Tafele i d Finger gno het. Dä het öppis druffe gha, wo me nid rächt isch druber cho, es Wäse mit churze Scheichline, mit eme runde Buuch, ere yddrückte Gstalt u druff obe ne grüüslige Chopf, wo us strube, ufgstellte Haare e längi Nase mit eme Ringli dranne drunger füre gluegt het.

Der Inspäkter luegt das Wäse gäng früsch umen aa, de gschouet er ume der Bueb, bis er du äntlige fragt: «Was hesch du da eigetlig zeichnet?»

«He, däich e Maa!»

«U de dä Ring a der Nase? Üsi Manne hei doch kener settigi, höchschtens di Wilde in Afrika.»

«Das isch drum der Nasetropf, wo du vori hesch gha, wo de dert äne gstange bisch.»

«Um ds Gottswille! Ueli!» brüelet d Lehrere, u ds Ougewasser isch ere zvorderscht gstange. Der Inspäkter het nid im gringschten öppis derglyche ta u re nume mit eme lächerlige Blick z bedütte ggä, si söll ihn nume la mache. Er isch nume chly umen u ane trappet u nachhär ganz gmüetlig wytergfahre:

«Un itze wei mer no eis zäme rächne. So staht uuf, dihr da am vorderschte Bank! Mir wei luege, wi dihr chönnet zämezellen un abzie. Wär's zerscht dusse het, söll's rüeffe, u de chan es umen abhocke.»

Es isch nid lang ggange, isch vo dene zäche Erschtklässler nume no Üelkli gstange. Der Inspäkter leit ihm d Hang uf sy Chruuselihübel, luegt ne chly chäch aa u fragt ne ganz rüejig: «U de du, junge Luschtige, was isch de mit dir? Hesch du keni chönne?»

«He wohl scho, aber di angere hei mer sche drum gäng grad vorewägg gno.»

«Eh eh, was du nid seisch! Wi heissisch du eigetli?»

«Ueli Wälti», seit er tuuche u luegt schüüch zum Inspäkter ueche.

«Guet, Ueli, so wei mer'sch itz aleini zäme probiere. Vilicht geit's dir ringer, we dir kes angersch i ds Gheg chunt... Also, pass itz guet uuf: Ig ha i däm Sack da sibe Nüss, im angere füfe. Wi mängi han i zäme?» Ueli bsinnt si nes Rüngli u het süüferli der Finger uuf: «Keni!»

«So so, keni? Sy de siben u füf keni?»

«So zeig mer sche!» macht Üelkli dezidierte u luegt stächig uf syni Häng, gob er nid öppen i Sack recki u dere hagus Nüss fürechnüübli. Wo dä aber nume gschwing ds Muul verhet, verziet dä chätzigs Bueb sys Gsicht o zure heitere Grimasse, u d Lehrere het der Chopf gschüttlet un es «Ach» usgla. – «Nu guet», fahrt der Inspäkter heiter gluunte wyter, «de wei mer öppis andersch probiere... Gäll, Ueli, dihr tüet deheime pure?»

«Däich öppe! Sibe Chüe u nes Ross, der Choli!»

«U heit dihr dä Herbscht o ne Gwächsacher gmacht?»

«U de no ne zünftige a der hingere Syten obe.»

«U chöme da nid o Chrähje cho der Samen ufpicke?»

«Mir hei es Büünneposchterli dry gstellt, aber si chöme glych gäng. Chrigu, üse Chnächt, het gseit, er nähm itz de d Büchse u schiess uf di Cheibe.»

«So los itz, Ueli: Es sy nüün Chrähje uf em Acher. Wi Chrigu gseit het, nimmt er d Büchse, schiesst uf se u preicht zwo dervo. Wi mängi isch de no?»

«Keni meh!» brüelet Üelkli, ohni si lang z bsinne.

«Was du nid seisch! We doch nüüne gsi sy u Chrigu nume zwo dervo preicht het. De sy doch no...»

«Un i ha rächt», bhertet Ueli no einisch chäch. «Süsch gang probier mira sälber!»

D Lehrere het ume uwirsch ufe Bode gstampfet, geit ufe Inspäkter zue u het ihm aa:

«Herr Inspäkter, höret dihr lieber uuf. I hätt ech's zum vornhery chönne säge, dass bi däm nüüt angersch usechunt.»

«Un i gibe no nid ab; das Pürschteli gfallt mer... So Ueli, itz wei mer zum letschte zäme chääre. Hesch du o Gschwischterti?»

«Ja, zwöi, der Hausi u ds Vreni.»

«Guet, du hescht also zwöi Gschwischterti, der Hans het o zwöi u ds Vreni zwöi. Das git wi mängs?»

Üelkli gschouet ne e Zytlang mit grossen Ouge vo der Syte, git aber ke Mux von ihm. Der Inspäkter wott ihm no nachehälfe u fahrt wyter: «Du hesch zwöi Gschwischterti, lue, das sy di zwe Finger da; der Hans het o zwöi, da sy ume zwe Finger, un itz chöme no die vom Vreni. So, un itz zell ab, wi mängs das zäme git.» Dass es sächsi gäb un er sövli sötti säge, weis er ganz genau; aber z lieb tue wott er'sch däm nid.

«Dä verwütscht mi o därung nid» däicht er für ihn sälber. «Mir sy eifach üsere drü, u dä söll mi nid no mache z lüge.»

Er luegt zerscht zur Lehrere ubere, wo wi uf füürige Chole am Pult anne steit, nachhär ume zum Inspäkter, wo gäng no di sächs Finger ufhet, uberchunt e Töibi uf dä Million, dass er rote wird bis zum Haarboden ueche u fascht versprützt. Er ma si nümme uberha.

«U du bischt eifach e Lööu!» brüelet er ihm, was er ma, i ds Gsicht use, lat si druuf ufe Vorstuel gheie u fat z luter Wasser aafa gränne. d Lehrere het e schuderhafte Göiss usgla, u si mues abhocke, wil's ere regelrächt gschmuecht worden isch. I de Purschte-Reie inne het's aafa ellböglen u fischbere mit «Ii»- un «Ai»-Rüeffe; teil hei natürlig müesse gugle, dass nüüt eso, u nes paar Meitschi hei o aafa gränne. Der Inspäkter ischt i d Stube hingere glüffe, het si dert i ne Egge yhe gchehrt u lang mit em Nastuech d Ouge gribe.

Wo du das Wäse chly het versuuret gha, het er du mit der Inspäktion Schluss gmacht. d Lehrere het si gar grüüsli wöllen etschuldige wäge der dumme Gschicht vo Üelkli, un er söll ömel das ja nid z fascht in Aate zie u re nid öppe zürne derwäge. Dä het ere aber zfridnige d Hang ggä: «Lat dihr dä Büebel nume la mache u straaffet mer ne nid öppe wäge dessi! Us däm Ueli git's de einisch öppis, da zellet nume druuf!»

Un er het rächt gha: Dä Lööu-Üelkli, win er nachhär isch gnamset worde, het si gmacht. Er ischt längeri Zyt i der Schuelkommission gsi, drufahe sogar no Gmeindspresidänt worde, u me bhertet no hütt, besser u gäbiger syg es i der Gmeind inne chuum einisch ggange weder unger Grat-Üelklis Leitig.

D Rütlireis

Sälbisch het me d Schüeler, ömel die a Näbenusörtline, nid öppe grad uberfueteret mit Vergnüegigsruschtig. Vo Schy- u Badenusflüg, Chino- u Theateruffüerigen u Sporttage het me weni u nid vil gwüsst. Ihre Houptfeschttag ischt äbe ds Exame gsi, u de het men im Summer no nes Reisli gmacht, het e Leiterwage schön bekränzt un isch so ne Streich usgfahre. Zu grössere Ysebahnfahrte het gwöhnli ds Gältseckeli nid glängt; aber me ischt o so zfride gsi.

Da het du Karludi im angere Winter mit syne Göttiwyler Pursche Schillers «Täll» behandlet u d Rütliszene mit nen usseglehrt. Das isch du öppis gsi für sche! D Buebe hei si so dry yhe gwärchet, dass si e Zytlang chuum no für öppis angersch Sinn gha hei. Eh weder nid sy si a de Sunndignamittage uf ere Büni obe oder ime Tenn inne zämecho u hei es Gsatz us der Szene losgla. Di Chlyne hei de dörfe zueluege, we si es Föifi oder es Zähni Ytritt bbläehet hei. Druuf hei si du bim Lehrer gchääret, für ne richtegi Uffüerig z mache im Arigepintli; aber er het ne dervo abgrate, wil si uf däm chlyne Büneli vil zweni Platz hätte für ne grossi Volkssszene. Das gäbi nume nes grüüslig Gfünk, u das wär de schad. Es gieng besser amen Ort vorusse, öppen uf däm schöne Mätteli im Göttiwyler Wäldli obe. Wen er das eigetlig meh nume zgspassem gseit het, so isch er glych dermit bi de Bueben uf ds Läbige cho. Amene schöne Sunndignamittag im Meie en Uffüerig im Waldmätteli obe! Das wär ja fascht, wi's dennzumal di alte Eidgenosse uf em Rütli zgrächtem gmacht hei. Das wurd gwüss heidemässig zie u gäb e schöne Schübel Gält i d Reisekasse. De chönnt me vilicht einisch grad sälber das liebe Rütli ga aaluege. Si hei an ihm patteret, bis er der Bärsch gla u ne versproche het, si wölle afen ei Sunndig ga probiere dert ubere. E Rütlireis! Das wär scho ne Sach; eigetlig sött ja nes niedersch Schwyzer Schuelching einisch dert gsi sy.

«Aber das het de scho no allergattig Häägge, we me zgrächtem dra däiche wett», het er ne z bedänke ggä. «Wi wettet dihr'sch de mache mit de Gostüm?» Da wölle si de scho luege, hei si gfrohlocket. Si heige deheime no Hüüffen alti Ruschtig, u Bärt chönn me ja us Flachs u Chuder mache, u derigs heige si o gnue.

Karludi het wytersch no nid vil derzue gseit, wil er schi no nid rächt es Bild het chönne mache, u het so ne Prob aagstellt. Aber da het er doch du der Chopf ordeli müesse schüttle, won er du di Rütlimanne in ihrne Gostüm het gseh ufmarschiere. Isch das es Luege gsi! Der Walter Fürscht het e zweschuelänge Chuderbart um ds Chini bbunge gha, Grosättis Späcksytechutte verchehrt am Bode nah gschleipft, u däm sy grau Hochzytszylinder het ihm d Ohre gmacht grediuse z stah; der Stouffacher ischt imen alte, fadeschynige Grichtssässmänteli u re wysse Zöttelichappe desumegjogglet, un am meischte gmeint het si der Mälchtal i Chnächts blüemelete Sametmutz u läderige Mälcherchäppi. Un ungfähr so o di angere: Was im Gaden obe oder im Spycher äne an altem Plunder ischt ufztrybe gsi, hei si aaghäicht gha u sy dermit uf däm sunnige Waldmätteli umen un ane gstolziert. Es Lager vo re regelrächte Zigüünerbande hätt me nid wärkliger chönne darstelle. Gob's ihm gfall u gob si itz de ächt chönnten aafa, hei si ne du afe gfragt, won er e Rung di Zueversicht het aagstuunet gha. Si hei du aber grüüsli längi Gsichter gmacht u d Lätsche la hange, won er gar nid het wölle rüeme u ne befole het, si sölle dä ganz Zouber schön ordeli umen ablege.

«U de ohni Gostüm theatere?» hei si aafa wöiele. «Das isch graduse nüüt u stellt minger weder nüüt vor.» Aber Karludi weis se z gschweigge: «Ja, wettet dihr öppe mache, dass d Lüt de ds Goudium hätte druber un ech täten uslache? Di Szene ischt äbe ke Komedi; das isch ganz en ärnschti Sach, wi dihr ja sälber o gspüret, u da wurd si ja der Schiller im Grab umdrähje, we mir sy schöni Rütliszene uf däwäg gienge ga verhunze. Nid d Aalegig isch da d Houptsach, di schöne Wort müesse d Lüt packe. Drum wei mer itze nume mit dene würke, dass ihre Sinn u Geischt zum Erläbnis wird.» So het er du mit ne güebt u nid lugg gla, bis er sche so het drinne gha, dass si sich sälber als di Rütlimanne vorcho sy. O di grössere Meitschi hei bi de Sprächchöre dörfe mithälfe; di chlynere het er bestimmt, für de mit de Täller nahe z gah.

Wo si du di Freilichtuffüerig ufen erschte Meisunndig aagseit hei, sy di Lüt vo wyt u breit cho luege, u we di Spiler scho in ihrne gwöhnlige Hosen u Chutten u Röck di alten Eidgenosse dargstellt un als «einig Volk von Brüdern» der Schwur gsproche hei, es het de Lüte glych gfalle; di Wort sy verstange u begriffe worde. Si hei gar grüemt, das syg itz öppis gsi, wo si gar nid ddäicht hätte, un es isch chuum öpper gsi, wo dene Sammlermeitschi nid e schöne Batze hätt la i ds Täller chlefele. Me het's no einischt widerholt u so meh weder hundert Fränkli i d Reisekasse ubercho.

Itz het me du fräveli dörfen a d Rütlireis däiche u het o aagfange, si drufhi vorzbereite. Me het sen i de Geographiestunge hingertsi u füretsi besproche, won es düregang, was me dert gsehj, was dert einischt passiert syg, u de hei si sech de gäng am lengschte bi den alten Eidgenosse u bi der Rütligschicht versuumt. Druuf het me de gwöhnli no öppis us der Rütliszene aaghäicht u mit em Lied «Von ferne sei herzlich gegrüsset» abghöie. Aber ersch de, we si de das alls mit eigeten Ouge chönne luege, das Lied uf ihrem liebe Rütli sälber chönne la chlepfe, di Szene uf em heilige Bode sälber chönne spräche u de no grad am erschten Ougschte, wi ne der Lehrer vorgschlage het, das syg de öppis. Di Pursch sy i ne Begeischterig un i nes Wäsen yhe cho, u d Fröid drufhi het se chuum meh i der Ornig la schlaaffe. Ds Rütli isch ne schier Tag u Nacht im Sinn un uf der Zunge gsi, u me het dä gross Tag fasch nid mögen erplange. «Wen is nume der Gottswille ds Wätter nid öppe no ne Streich spilt, dass me di Reis müesst verusestüdele!»

Am letschte Höimonet isch es so zwüsche schön u wüescht gsi, zmittag schuderhaft töischtig, u namittag het's es böses Wätter ggä. Karludi het d Schüeler am Aabe nam Znacht no la zämecho. Är sälber isch nid grad für z gah gsi; der Bäremeter syg ender gheit, es gang e faltsche Luft, u d Sunne schlüüffi ordeli roti i ne feischteri Wang ahe. D Purscht hei aber nume Schönwätterzeiche gwüsst uszpacke: D Hüener syge bezyte z Sädel, d Schwalbeli flügi höch, Grädus Pfau heigi nüüt pägget u Grosättin heigi ds Chrütz nüüt plaget; es chönn nid angersch weder schön sy.

«So wüsset dihr was?» macht Karludi däm Wärweise nes Änd. «Mir warte bis früe am Morge; da gseht me de, was es wott u was mir sölle. Dihr machet hinecht alls schön zwäg, wi mer'sch abgmacht hei, un am Morgen am vieri passet de uuf u spitzet d Ohre. Wen i denn uf em Göttiwyler Hoger obe ds Zimishorn drümal blase, so ga mer, u de syt'er am föifi hie im Schuelhüsli; am halbi sibni fahrt der Zug z Mooswil. Im angere Fall aber isch nüüt, u dihr chömet wi gwohnt i d Schuel.

So het me's gmacht un ischt hei, dä morndrig Tag mit Hoffen u Bange gan erwarte. Karludi het vo Mittinacht ewägg der Hübel all Stung zum Pfäischter uus gstreckt u gäg em Himel zue gspanyflet. Am eis isch es no uberzoge gsi, am zwöi het men afe nes paar Stärne gseh, un am drü isch es glanz gsi.

«Me cha's wage», het er für ihn sälber gseit, het si zwäg gmacht, ds Horn vom Chuchibauch gno un isch buschuuf gäg em Hoger zue gschuenet. Es het grad aafa tagen uber e Hohgant u d Schratten y. Won er di erschte drei Stöss het bblase gha, het er gseh, wi di Stuben- u Gadepfäischter i der Töiffi un a de Syti oben uflüüchte. Er het es Rüngli gwartet, bis er di zweiti Serie abgla het. Aber chuum isch die dusse, fat im Dörfli nide on öpper aafa horne. Er schiesst zwäg, wil er nid cha chopfe, was itz das ömel söll sy.

«Het das itz ächt so milionisch widerschlage a der änere Syten äne?» wärweiset er. Aber, was isch das? Chöme nid scho vo der Gummhöhi ahe Tön z troole u jammeret nid o nes Horn scho im Hämlisbach hinger? Un itze treit es si uber vo Hoger zu Hoger, vo Syte zu Syte, ja, das macht, wi der Chrieg da wär. Me ghört Türe zueschla, uber d Stägen ahe trogle, Fürio brüelen u derzwüsche Hüng süünen u hüüle. Itz het er gwüsst, was ds Chilchezyt gschlage het.

«Eh, was geisch itz du ga aastelle! Das hätt mer eigetlig sölle z Sinn cho, Esel, was i bi!»

Aber itzen isch es verrichtet's gsi. Wi we me ne Stei i ne Chlammerehuuffe pänggleti, grad eso het er di Lüt i d Sätz gjagt mit sym cheibe Horne. We scho d Göttiwyler Höger hätten aafa Walzer tanzen u d Hüser ds Redli trööle, es hätt nen ömel nid meh i Gusel bbrunge. Er sächet gäg em Dörfli ahe; aber won er bi Heiris Huus düre feischtere Yfahrtschopf düre pächiere wott, chunt der Michu, ihre Dürbechler, vo der Louben ahe z schiesse, packt nen am Hosegsäss, ruuret u schrysst hingertsi. Karludi brüelet nen aa: «Wottisch höre, du Souhung!» verstellt u hout ihm was er ma mit em grosse Horn ufe Gring. Aber dä lat nid lugg, bis es aafat chrache un er e grüüslige Schranz i de Hose het.

Heiris Fritz chunt o cho fürezspringe, jagt der Hung dänne, mues aber glych schier lache, won er di Zueversicht gseht.

«Aber Karludi, was reisisch de du no alls aa! Er het di doch nid zgrächtem verwütscht?»

«I gloube nid, nume d Hose verschrisse; aber dä Füürlärme, won i aateigget ha!»

«Ja, bisch du das gsi, wo zersch da obe ghornet het? Donnerlischiess abenangere!»

«Äbe han i, aber nüüt dra gsinnet, dass das de so chönnt fläcke.»

«Jä weisch, üsi Hornischte sy halt giechtig. Dene bruucht es nid zerscht i Hosesack z donnere, gob si Lut vo ne gä. Ghörsch de, wi dä Lärme im Chutt isch?»

«Äbe, was ischt itz da ömel o z mache?»

«Gschweigge cha me ne nümme; nume sött me no luege z verha, dass si nid öppe no mit der Sprütze dervorieschtere. I will sofort gäg der Pinte zue; vilicht dass ne no ma vorgcho.» Un er holzbodnet uuf u dervo.

Da chunt d Lisebeth cho füre z chyche.

«Wo isch es ächt ömel o? Weis me no nüüt?»

«Wohl, i weis's scho, won es brönnt. Nienen angersch weder da i mym Schädel obe. I ha nume myni Pursch zur Reis wölle zämehorne, un itz geit mer das eso.»

«Eh, du myni Güeti doch o! Isch das e Sach! ... Aber um ds Himelswille, was isch de mit dir ggange, da hingefer?»

«Oh, öie Michu, das Chalb! I weis nid, was däm i Gring cho isch; er chennt mi doch süsch guet.»

«Eh gäll, das meinten i ömel o ... Schäm di, Michu! Wüeschte Gascht was bisch, der Schumeischter so ga z traktiere! ... Aber so chascht ömel nid furt. Chumm i d Chuchi yhe, i will der gschwing es paar Heftlige mache.»

Karludi ligt büüchligen ufe Chuchitisch, u d Lisebeth fat aa schnurpfe. Si wett's scho chly besser mache; aber är angschtet in eimfurt, si söll pressiere, er müessi unbedingt umen uf d Socken u furt.

Won er du dür ds Wägli ahe schnuusset, het me nume no vo wyt här hie u da nes Horn ghöre plääre, u d Schüeler, wo scho bis uf ds letschte binangere sy, chömen ihm cho etgägezspringe.

«Brönnt's ächt zgrächtem, oder isch das nume wäg üsem Horn losggange?» fahre si uf ihn los.

«Das sy dummi Möffe; die hätte das doch sölle wüsse», bugere d Buebe. «Aber dessitwäge gange mer itz glych, süsch gäll, Lehrer?»

Karludi schüttlet der Chopf: «I weis's nöie nid. Dä blöd Lärme het mer grad alli Fröid verherget. I ha nöie gar ke Fyduz meh.»

Si wärfen aber d Flinte nid so gschwing i ds Chorn u häichen ihm früsch umen aa: «Oh nei also! Itz isch doch so schöns Wätter u mir hei alls zwäg!»

«U der Lärmen ischt ja verby; me ghört ja kes Horn meh. Gäll, mir gah? Mir wei eifach gah!»

Di Pursch hei ne du doch aafa duure, u drum het er der Bärsch gla.

«So gah mer afe bis zum Pintli, für z luege, was dert für ne Machetschaft syg. De cha me de gäng no luege.»

Si sy ygstangen u abb, är voraa, aber ordeli tuuche u nid mit Sang u Klang, win er'sch süscht im Chopf gha het. Im Pintli isch natürlig o nes Ghäscher gsi. Si hei d Sprütze scho füregschrisse gha u ne Kuppele Füürwehrler i Hälm u Gurt drumume. Heiris Fritz het gäng no grüüsli müesse hängle, für ne z ägschpliziere, win alls här u zue ggange syg. Da sy si du uf dä arm Karludi losgfahre:

«So, da chunt itz dä, wo faltschen Alarm gmacht het! Das geit der itz a d Bei! Unger mene Fessli Bier geit de das nid ab; mir lan is de nid vergäbe so i ds Bucki spränge!»

Karludi het nen aber toll d Stange gha u ne zruggä, si syge sälber tschuld. Si söllen abe nid settigne Hörner i d Finger gä, wo nid emal imstang syge, di paar Alarmzeiche z chopfe. Es nähm ne nume wunger, dass si nid bime niedere Zimishorne Füürlärme mache. Er zahl ne scho nes Fessli, nume dass si schwyge. Dermit fat er umen aafa zie, u d Pursch sy mit luttem Gjubel uuf u nahe.

«Nimm ömel de ds Horn o mit der, dass de uf em Rütli chasch der Uristier marggiere!» brüelet ihm no eine vo dene Füürwehrler nahe. Är aber het si däm nüüt meh gachtet, het der Chamme gstellt, es Lied aagstimmt u so der angerhalbstündig Wäg bis zur Station schneidig unger d Füess gno, dass si ömel no z rächter Zyt aacho sy.

Di längi Fahrt dür ds Ämmital uus u düre Länder y het's dene Göttiwyler Pursch meh weder nume chönne; es isch drum für vili ds erschmal gsi, dass si hei chönne Ysebahn fahre, u scho das het für sche nes grosses Erläbnis bedüttet. Si hei nid gnue chönnen usehalsen u luege u brichten u holeie. Karludi aber isch nöie nid rächt im Strumpf gsi, wil ne di Gschicht vo dä Morge gäng früsch ume gguslet u gworget het. Wi das es Gred u nes Gschärei wärd gä zäntume, un ob si ihm ächt öppe de no chönnten aahäiche derwäge. U das Gworgg het si du süüferli aafa ahela u het ne vernide aafa plage, dass er du a nes Örtli sölle hätt, won er niemere angersch het chönne schicke. Aber was mues er itz da gwahre! Het ihm nid di chätzigs Lisebeth ds Hemli mit de Hose zämegnähjt! Usenangere schrysse darf er das Wäse nid, süsch geit dä Schranz umen uuf. Es git also nüüt angersch, weder z Luzärn, wo si fascht e Stung Zyt hei zum Umstygen uf ds Schiff, angeri Hose luege z ubercho.

U so het er'sch gmacht. Er het di Schüeler a d Ländti gno u ne befole, si sölle hie schön binangere blyben u warte, bis er umechöm; er mües no gschwing ga ne Kommission mache. Er het ddäicht, er bruuch ne das nid grad a d Nase z binge, was ihm passiert syg, u gachtet heige si's gloub er o no nid. Won er churz druuf umechunt, het er doch du müesse gwahre, wi di grössere Meitschi aafa enangere müpfen u zäme chüschele un im verschleikte syni Hosen aaschile. Er wird i dene nöie scho chly ne spuckegi Falle gmacht ha, wil si breitgstrichet, ordeli z churz un unerchant wyt sy gsi. Weder er het nüüt derglyche ta, un ihm het's ömel gwohlet gha. Er ischt ygstige mit ne, u gly druuf het der Dampfer abghornet. Me ischt scho ordeli wyt i der Bucht usse gsi, won ihm du afe z Sinn chunt, er mangleti allwäg o no z luege, gob alli da syge.

«Wo isch de ds Bärtschi Setti?» fragt er chly erchlüpfte, won er sche näb em grosse Chemi het amene Tschüppeli gha.

«Iiih, itz isch das nid da!» zatteret Hanses Gritli ganz verschmeiets füre. «Es isch ihm drum däwäg schlächt gsi u het du i Bahnhof ubere müesse. Da het es du allwäg nümme gwüsst wo düre.»

«U hesch mer das nid ender chönne säge?» fahrt's Karludi giftig aa. «Das ischt e schöni Schmier! Was söll men itz da mache? Das het itz grad no gfählt. Dummi Purscht syt dihr de scho, nid ender ga ds Muul ufztue!» Si zie der Äcken y, un är macht e Rägewättermouggere. Dernah schnellt er uuf, trappet ds Stägli uuf u geit sy Verdruss em Kapitän ga chlage. Dä nimmt di Sach aber chly vo der liechtere Syte. Das syg nid ds erschmal, dass so öppis passieri, un er söll si dessitwäge nid öppe hingersinne. Verlore syg das Meitschi nid. Er wöll bir nechschte Ländti Befähl hingerla, dass men uf Luzärn Bricht machi. Das chöm scho ume füre, u de wärd's eifach mit ihm nechschte Schiff nahegschickt. Uf dä Bricht hi het's ihm du ume chly gliechtet, u so ischt er ume zu syne Purschten ahe, wo still u tuuch z hingerscht im Schiff sy tschüppelet gsi. Di Wungerwält, wo si da vornen ufta het, het se ja fryli schuderhaft uberno, aber das Miss- gschick mit Settelin het ne doch echly d Fröidewässerli trüebt.

So isch me ohni vil Wäses der See uuf gfahre u het mit Luege, Stuunen u Sinne z tüe gnue gha. Z Treib ischt men use u het vo dert z Fuess der Umwäg uber Selisbärg uf ds Rütli gmacht. Zur Mittagszyt sy si du uf ds Rütli cho. Aber si hei's fasch nid chönne begryffen u fasse. «Isch es also würklig wahr, oder tröime mer nume? Sy mer itz uf däm Bode, wo mer so vil druber gläse, gredt u gsunge u so lang dernah planget hei?» Si hei wääger fasch nid dörfen abtrappe. Nume so tüüsselet sy si, grad wi si's öppen albe mache, we si dür d Chilche louffe. Keis hätt ds Muul ufta, u Karludi het o nüüt gseit; er het sen eifach la mache. Erscht nam Ässe het er sche du gfragt, gob si ächtert itze wetten aafa, gob si ächt afe ds Lied wette näh. Aber was uberchunt er druuf z ghöre?

«Das chöi mer itz allwäg nid, we Setti nid derby isch. Das het ja di erschti Stimm use, u nume so halbbatzig wär de schad.»

«Äbe, Setti isch nid da, äbe, äbe!» Das wurmt o Karludi, dass er e Rung vor sech ahe stuunet: «Uf em Rütli sy u nid emal ds Rütlilied singe!»

De meischte Meitschi steit ds Wasser i den Ouge. We's ihn o scho bis zinnerscht yhe heglet, so mues er schi doch säge, si heige rächt. Me mues si halt itz i Gottsname dry schicke. Gly druuf bringt eine vo de Buebe der Bricht, si chönne de d Rütliszene o nid gä; der Stouffacher chönn nid hälfe.

«Ja, was isch de mit däm? Wo ischt er?» fahrt ne Karludi hässig aa.

«He dert äne ligt er am Bode. Er het drum uf em Schiff sibe hertgschwellti Eier ggässe, un itz het er so Buuchweh.»

«So, mues is also o das abverheie!» Karludi stampfet ergerlig der Rütlibode, u teil Buebe fa o mit Futteren aa: Das wär schi itz derwärt. Si heige o scho mängisch Buuchweh gha u nüüt derglyche ta. Dä chönnt sauft, wen er wett. Aber wo si ne du sälber hei ghöre mugglen u pärsche, hei si doch du chly d Pfyffen yzogen u gseh, dass es nid grad chouscher isch mit ihm, u Karludi het fei echly müessen aawänge, bis er ne mit Münzegeischt, Hofmannstropfen u Diessbachbalsam ume het uf de Beine gha.

So isch d Zyt umeggange, bis es isch nahe gsi, für zämezpacke u vom Rütli Abschiid z näh. Wo si du hübscheli gäg em Rütlihuus zueplämpele, für de vo dert ahe zur Ländti ga uf ds Schiff z warte, chunt der Rütliwart uf se zue u stellt se: Er möcht itz doch no wüsse, was das für ne vernünftegi Klass sygi, wo einischt nid «Von ferne» gsunge heig. We me das so ne ganze Summer mües aalose, ja mängischt es tags mängs dotzemal, u zwar uf all Wäg, schön u wüescht, so uberchöm me de schliesslig afe bis obenuse gnue. Si aber heige so still un andächtig das Rütli erläbt, win ersch no sälte bire Schuel gseh heig, u drum heig är Fröid ane gha. Si söllen itz grad eis zuehecho, er offeriri jedem es Sirup.

Di Pursch hei zersch der Lehrer läng aagluegt, är der Wart, u wo dä früsch ume z verstah git, es syg ihm de ärscht, het me si du süüferli zuehegla. U du het er ne no einischt betüüret, wi si ihm gfalle u dass alls, wo nen o zuegluegt, ds glyche gseit heig. Das het ne du d Trüblen ume chly gstellt, un ersch, wo du grad i däm Momänt o Setti chunt cho ungeruehe z chyche u hälluuf u zwäg ume zuene gstossen isch. On äs het grüemt, win äs du zletschtamänd no Gfehl gha heig. Won es vom Bahnhof sygi zruggcho u ds Schiff scho syg abgfahre gsi, heig es fryli nid gwüsst, was mache, u heig aafa gränne. U da chöm's du eine vo dene Schiffsmanne cho frage, gob äs öppe das vo der Göttiwylschuel sygi. Henu, es söll itz da nume no chly warte. We de nes Rütlischiff chöm, so wärd er'sch de cho reiche. U so syg es gsi: Öppen na re Stung syg so eis zuehegfahre, u dä Maa syg's cho ynefüere; nid emal öppis zale heig es müesse: Wil's ihm aber gäng no ds Ougewasser füreddrückt heig, so heig's du di nehere Lüt aafa gschoue. E fürnämi Dame syg's du cho frage, was es heig, u wo's ere's du heig bbrichtet gha, syg si mit ihm i d Wirtschaft ahe u heig ihm dert la Znüüni gä, Tee mit Milch u Weggli u Güezi bis gnue. E flotte Her, allwäg gwüss en Ängiländer, heig ihm e grossi

Tafele Schoggola gchouft, u nen angere heig ihm sogar es Fränkli ggä. Du heig es ne du richtig eis gsunge. Uh, si hätti sölle gseh, wi di Lüt ihm gchlatschet un ihm Gäldstückeni i d Hang ddrückt heigi. Ja, fei echly ne Schübel heig es. Ds Rütlilied heig es natürlig o gno, u das heig ne fascht am beschte gfalle. Gob si's hie o scho gsunge heige.

«Äbe nid», meint Karludi ganz verläge, «aber mir wei's itz grad ungerwäge la.»

«Was?» verwungeret si Setti. «U grad wäge däm hei mir uf ds Rütli wölle!» Karludi weis fasch nid, won er söll hiluege, un er chönnt ihm sys Erstuune mit sym ärschtige Zueblinzle allwäg chuum gschweigge, we's du nid es paar angeri Meitschi bir Hang gno hätte u mit ihm uf d Syte wäre. Er het du aafa pressiere, ds Schiff syg im Gheeg, het em Wart ddanket un isch mit ne zdürab. Aber wo si du mit em Schiff gäge der Tällsplatte zuegstüüret sy u se das «stille Gelände am See» us em Wald use so früntlig aaglächlet het, hei si doch du nid angersch chönne, weder'sch no z singe, u zwar so brav, dass zletscht ds ganzi Schiff mitgsunge het. Itz hei si du der Chifel ume gstellt u wären umen im Chlee gsi, we ne gly druuf nid no einisch öppis gwartet hätt, wo ne du no fascht töiffer i d's Läbige ggange wär.

Ds Wätter het si nämlig bis dahi no rächt styf gmacht. Es het fryli wylige chly schwarz uberzoge; aber d Sunne het doch de gäng ume düre möge u de albe stächig uf sen ahebbrönnt, dass es ne der Schweiss z ganzer Hut füretribe het. Wo si du aber z Brunne der Chehr gno hei für gäge Gersou zue z fahre, gseh si, wi das brandschwarz vo ungeruehe chunt. Vom Ungerwaldnerländli ahe sy di schwarzgraue Wulche ganz am Bode nah cho i See use z troole, eini uber di anger ubere, grad wi bire grosse Schneelouele. Ungereinischt git's en unerchante Chlapf u ne Luftstoss, dass ihres guete Schiff «Rütli» fei eso ne Gump het müesse mache. U dernah isch es losggange. Es het aafa schüttle, grad wi me mit Mälchterli wurd ahelääre, u derzue het e Sturm ygsetzt, wi me nen erger no sälten erläbt heig uf em Vierwaldstättersee. Me het ds Schiff grad z Gersou no chönne a d Ländti reisen u's dert aabinge. Aber di fascht huushöche Wälle hei mit ihm ghuuset, dass es a de Ländtipföschte luttuuf ggyxet u gchnirschet het. Dernah hei si uber d Brüschtig gschlage, d Kabinepfäischter verschmätteret, u ds Schiff het müesse Walzer tanze, dass me chuum meh ufrächt het chönne druffe stah. Alls het i d Kajüten yhe ddrückt, u di Göttiwyler Purscht hei si um Karludin ume tschüppelet, wi Hüendschi um ihri Gluggere. Di Chlynere hei si a syne wyte Hosegschlötter gha u ghüület: «Lehrer, ga mer ächt unger, müesse mer itz ertreiche?» Angeri sy am Bode gläge, wil's nen ischt übel worde u si hei müessen Uelin rüeffe. In eim Egge het e Kaplan mit sym Küppeli bbättet, en angere het syne Schüeler uf die Manier wölle d Angscht näh, dass er mit ne Juxliedleni gsunge het. Itz git es e fürchterlige Krach, wil en unerchanti Wälle bim Zruggschla vo der höhe Strandmuur so a ds Schiff aatonneret isch, dass es di armsdicke Tou, won es dermit ischt aabbunge gsi, wi Zwickschnüerli verschnellt u ds Schiff vo der Ländte dänne i See use gjättet het. Da het du erscht alls aafa brüele: «Ds Schiff geit unger! Es het hingerfer ygschlage! Ds Wasser chunt yhe!» Alls drückt gäg de Türe zue, für usezspringe. Dert git es es Gstock u nes Gmüscht, dass di innere fascht vermoschtet wärde un aafa göisse, wi me se amene Mässer hätt. D Schiffmannschaft springt zuehe u brüelet, si sölle doch yhe, es syg nüüt, si sölle doch nid so tue. Ja, das ischt e Zueversicht gsi, nid zum Säge.

So isch es lenger weder e Halbstung ggange, bis es du äntlige chly nahgyla het u ds «Rütli» hübscheli ume het chönne wyterfahre. Di Purscht hei gäng no an allne Glider gschlotteret wi aschpigs Loub u sy ersch du ume zgrächtem zue ne sälber cho, wo si du z Luzärn ume rächt Gottes

Ärdboden unger ne gspürt hei un im Floragarte hinger bi wohlschmöckigem Öpfelchuechen u Gaffee ghocket sy. Un uf der Heifahrt isch ne ds Muulwärch ume gsalbet glüffe, was di angere für Förchtipursch gsi syge, wi si gar ke Angscht gha heige, u si wette ömel nid, dass si das nid erläbt hätte.

Wo si du bim Vernachte z Mooswyl usgstige sy, wär steit da chrumme vor der Station zuehe? Üse guet Gottlieb, der Presidänt. Mit sym grosse Leiterwage, won er im Namittag bbauchet u zwäggmacht het, isch er da, für sche heizfüere. Un er lachet Karludi aa: «Los, na däm, wo du dä Morgen erläbt hesch, han i ... ja eh, du ddäicht, itz wöll ech grad äxtra cho heireiche. Un öppe Gedanke bruuchsch der de deswäge o nid grad z mache, absolut nid. Das heig du nöie no bal e gmüetlige Tag ggä i der Arigepinte. Won i vori dert verbygfahre bi, hei si ömel no ... ja eh, di Füürwehrmanne hei gäng no verflüemelet brav der obere Tili nah gholeiet u ghebuleetet ... Un öji Reis wird allem aa o guet abglüffe sy. Es ischt ömel alls buschuuf u zwäg, u das isch rächt eso, absolut isch es.»

«Ja, Gottlieb», seit Karludi druuf, «mir hei vil erläbt. Die Rütlireis vergisst allwäg ekeis.»

Es isch scho Nacht gsi, wo si bi ihrem Schuelhüsli vo Gottliebs bekränzte Leiterwagen aheggumpet sy. Uf em Göttiwyler Hoger obe het grad ihres Ougschtefüür aafa ufläuue. Si sy no gschwing derzue uehe. Wo si du vo dert uus di hundert angere Füür hei gseh zünte, hei si du erscht rächt gspürt, wo si gsi sy u was si erläbt hei, um drum isch es nid lang ggange, so het es i di glitzerigi Erschtougschtenacht use tönt:

Drum Grütli sei herzlich gegrüsset!
Dein Name wird nimmer vergehn,
So lange der Rhein uns noch fliesset,
So lange die Alpen bestehn!

Wetthurnuusset

Ds Ämd u ds Gwächs isch dinne, d Härdöpfel sy no nid nahe, u für ds Aasääie isch es o no chly z früe. Die Zyt isch ume da, wo d Jungmannschaft vo üsne Ämmitaler Dörfline i nes hitzigs Fieber yne chunt, es Fieber, wo nid mit Teetreichen u Schwitze z vertryben isch, ds Hurnuusserfieber. U das chunt uber di Pursche, u zwar uber di eltere u di jüngere, wi aagworfe. Me bruucht nid emal öppis dervo z säge, 's nid enangeren aazhäiche; ungereinischt isch es eifach i ne, fascht wi z Hustage der Triib bim Alpveh, für ufzfahre, oder im Herbscht bi de Zugvögel, nam Süde z flüge.

Ganzi Aabete lang wärden itze schön gschleieti Öschli ufgspalten u zwägghöbelet, buechegi Trääf gschnätzet u drapasst, u we me de äntlige so ne Hurnuussstäcke na allne Regle vomene usdividierte Hurnuusser zwäggchrättelet het, so wird er de no nes paar Tag i warme Rossmischt gleit, bis er glimpfig isch, dass me chönnt Lätsche dry mache. O d Schingli, wo me dermit d Hurnüüss abtuet, müesse nahegluegt, nöi glyschtet u früsch gmale wärde, wil e rächte Hurnuusser nid mit halbbatzigem Wärchzüüg usrücke wott. U we süscht alben am Sunndig zmittag ds Mannevolch, wen es einisch hinger Bohnen u Späck hocket, fasch nümme vom Tisch ewägg z bringen isch, so wärden itz Löffel u Gable bezyte i d Rigle gsteckt, u ds Muul wird mit em Chuttenermel abputzt, gob ds Schwarze da isch; me wott de nid öppe hingerdry plampe, wen eis Hurnuusset aagseit isch.

Uf en erschte Sunndig im Herbschtmonet hei d Göttiwyler mit den Ariger Wetthurnuusset abgmacht. Färn hei d Göttiwyler müesse der Chürzer zie; drum heisst es itz hüür für sche: der Chifel stelle u der Märe zum Oug luege, dass si därung obenuuf chöme. Churz na Mittag isch di ganzi Göttiwyler Hurnuussermannschaft uf em früsch gämdete Ägertenacher im Moos zwüschem Schuelhüsli u der Arigepinte besammlet, u da isch de nid öppe nume das jüngere Gficht derby, nei, o no elteri Manne chöme cho zuehezträppele, wil es se Wunger nimmt, wi si ihri Lüt hütt stelle u wär mögi gsage. Karludi het o müesse dra gloube. Er het lang chönne dergäge sperzen u hingereha, er syg doch no zweni gwanete u chönnt ne wi liecht, wi liecht alls verchachle; es het nüüt gnützt, me het ne nümmen us em Hälfterli gla. Schla chönn er ja grad houtäntisch, u zum Abtue chönn me ne o wohl bruuche. Wen er scho di höhe Hurnüüss no nid grad eso aherade chönn wi mängen angere, so heigi das nüüt z säge; er sygi derfür de gleitige wi nes Härmli, u settig syge chummlig für vornahe zu de verzworglete Streiche. Hütt gang es itze um d Ehr vo Göttiwyl, u da wärd är öppe chuum wölle leilougne. Am Änd aller Änd het er doch du der Pärsch gla u si la yteile.

Itz het me mit Chriseschtline ds Riis schön grad abgsteckt, hingerfer chly breiter weder vorfer, un öppe füfzg Schritt vor em erschten Eschtli, der Äsche, d Stud guet usgrichtet ufgstellt, u zwar so, dass me gäg der Sunne mues schla u die, wo abtüe, nid z fascht bbländet wärde. Hingerzuehe mues e heiteri Wyti sy, dass me d Hurnüüss guet gseht ufgah. Druuf wird o no d Mannschaft i ds Riis verteilt; di jüngere, ungwanete, aber gleitige Pürschtle chöme vornahe, wo meh di ungratene, aber mängischt rächt verzwickte Streiche ländte, u di eltere, erfahrene, hingery, wo äbe de di grosse Schleger z bodige sy. U guet ygscherft het me dene vordere, wi si e niedere abgschlagne Hornuuss vo der Stud ewägg sölle verfolge u ne de hingere mit Brüelen u Dütte zeige. No di Alte chöi si nid uberha, ihri Ratschläg un Erfahrige aazbringe. Stoffis Chrischte, wo früeher als eine vo de beschte Schleger ggulte het, git gäng früsch ume Kunsine, wi me bim Schla zuehestah, aamässen u abgä mües, nid z fascht von obenahe, meh uber d Stud ewägg mues me zie, dass me mit em Trääf der Hurnuuss äberächt preichi; de louffi dä schön u schnuussi uber alls y.

Gly druuf rücken o d Ariger aa. Eine handhärpflet voruus der Napoleonsmarsch, u hingerdry pletscht u noblet di ganzi Mannschaft, di länge Stäcke mit de Schingli drannen uf der Achsle, imene verhürschete Taktschritt nahe.

«Lueget, wi Müli-Gödu der Gring ufhet u boghälselet! Dä hagus Grossmelk meint allwäg scho, er heig is im Sack. Aber dä söll si de öppe nid z faschst ufla, süsch wei mer ne de zuehebinge.»

Michus Ueli u dä Gödu hei äbe ds Höi nid grad uf der glyche Büni, wil beid zäme wette Hans oben im Dorf sy u's de kenen am angere ma gönne. Es vergeit chuum e Tanzsunndig, wo si nid zämen es Fahri hei. Wen es nid wägeme Meitschi isch, so geit es ömel de wägem Militär los, wil Ueli bi de Draguner, Gödu aber nume bi de Train isch. Us em Stichlen un Usföpple git es de mängischt o ne Wulhuetete; aber ds nechschtmal hocke si glych ume binangere, dass si ume früsch chönnen aafa. Itz isch Gödu no i d Schuelkommission yhe cho, u das heglet Uelin bsungerbar u bringt ne früsch umen i d Stöck.

Wo me du afe ne Zytlang het desumegnüütet gha u d Ariger äntlige fertig sy mit Riiskritisieren u Stäckeprobiere, het me du Chnebeli zoge, weli Partei zersch zum Schla chöm. Es preicht d Ariger. Die tschüppele si um d Stud ume, u d Göttiwyler verteile si i ds Riis zum Abtue.

«Weit dihr ne?» brüelet Gödu, won er der ersch Hurnuuss vor uf d Stud uf enes Buggeli Lätt het ufgsetzt gha.

«Houe!» chunt d Antwort vo hingerfüre, u mit däm het's chönne losgah.

Köbeli, ds jung Mattechnächtli, sött schla. Aber myn Gott doch o! Dä bringt nüüt rächts zstang. Der ersch Hurnuuss fäcklet chuum bis zur Äsche hingere; der zweit wär chly besser, ziet aber gäng no nid win er sött u ländtet rächts näbem Riis.

«Stang doch echly zrugg u zie meh ungeryhe!» schnouzt ne Gödu aa. «Das isch ja nume plööterlet, was du da machisch.»

Er folget ihm u bringt der dritt du afe chly wyter hingere, aber därung linggs näbe ds Riis, u wil er itz drümal usegschlage het, so isch er fertig, wen er scho nid ischt abta worde.

Der zweit chunt dra. Dä hätt's scho chly besser im Griff u ma ungfähr bis halb hingere, wird aber scho ds erschtmal ahepüüsset. U so geit es fascht eme niedere. Di Göttiwyler sy uf alls erpicht u schiesse dene Hurnüüss nahe wi d Schwalbeli de Mugge. Michus Ueli het scho meh weder es Halbdotze dryssg Schue höch ahegradet.

Itz chunt Müli-Gödu a ds Schla. «So, dene will i itze zeige, wi me hurnuusset», grösselet er u ziet uuf, dass si der Stäcke fei so um ihn ume lyret. So misst er zwuri aa u hout ihm ds drittmal, dass es nume so chuttet. Höch i der blaue Luft obe gseht me nume so nes chlys, chlys Pünktli. Aber d Göttiwyler hei ne scho im Oug. Der erscht brüelet: «Hingeruus! Zmitts im Riis!» Di mittlere näh ab, hei d Schingli uuf u springen i der glyche Richtig hingere: «Ueli, Ueli, Ueli! Da, da, da! Chrigu, Chrigu, Fridu! Da, da, da!»

Ueli radet, ma nen aber därung doch nid errecke. Chrigu sticht echly z früe, dass der Hurnuuss drunger düre schnuusset. Aber da isch Fridu scho zuehegsprunge u cha ne grad no vo Hang püüssse. Tätsch! U Gödus Meischterstreich, vilicht gäge zwöihundert Meter läng, isch abgetan.

«Verfluechti Bränte!» hässelet dä ergerlig. «Hei mer itz di Hagle dä grad müessen erwütsche! Itz chöi mer de ga bandhoue.»

Er setzt der letscht Hurnuuss uuf, u Bode-Brächt hout ihm. Nid höch, aber heidemässig hässig isch dä Wältstiller hingere gschosse, nume so uber d Chöpf vo den erschten ewägg grad usgrächnet zu Karludin.

«Karludi! Karludi! Er chunt der!» brüelet's von allne Syte; aber es isch scho z spät. Wi dä öppis wott dergäge mache, het's scho am Bode näb ihm tätscht.

«Nummero! Bravo, Nummero!» frohlocket's vo der Ariger Syte, u «Cheibe Züüg! Itz het's gfläcket!» vo dere vo de Göttiwyler. Die chöme cho zueheztechle, fa aa schnädere u wei wüsse, wi das ggange syg.

«I han ech's ja aber vor und eh gseit, dihr syget mit mir aagschmiert», chychet Karludi massleidig. «Itz heit'er halt der Dräck!» Aber Ueli luegt ne z tröschte: Er syg de nid aleini tschuld; di vordere heige nen o düregla; die heige si o nid verfasst gmacht gha, win är o. Derzue syg wäge däm Nummeröli Pole no nid verlore. Es syg ja scho chly ergerlig, dass das no zletsch heig müesse passiere. Aber dessitwäge wärfe si d Flinte no nid i ds Chorn; das chönn bi den angeren o vorcho.

Druuf wird gwächselt, u d Göttiwyler chöme zum Schla. Ueli lat der ersch la chutte. Es mues gar ufläätig e höhe u ne länge gsi sy; weder di vordere no di hingere hei nen ömel chönnen erlicke. Di Ariger sy dagstange wi si ds Öl verschüttet hätte, hei i ds Blauen uehe ggöiet u ds Muul offe vergässe. Ungereinischt git es zhingerischthinger e Tätsch; dä Hurnuuss isch z Bode, ohni dass men öppis dervo gmerkt het. Uber allem hinger u zmitts im Riis es schöns Nummero!

Botz Schnouztütschi, wi het dä Gödu aafa wüete! Was si eigetlig für dummi Möffe syge da vor. Si hätte doch dä Hurnuuss müesse gseh, we si ne grad vo der Stud ewägg i ds Oug gfasset hätte, u we si ne de ihne dahinger hätte chönne zeige, so wäre si ihm de o drufcho u hätte ne bbodiget. Er mües si däich sälber verfüre la, süsch verlauere si no alls voryhe.

U das het gwürkt; si hei bime niedere Streich es Brüel u nes Gschärei losgla, dass es Türschtegjeg nid erger chönne hätt: «Da, da, da! Gödu, Gödu, Gödu, Brächt! Hingeruus, zmitts im Riis! Da, da, da!» Si hei kene meh im Riis ahegla; me isch gyt gsi, u vo de Göttiwyler het nume no Karludi chönne schla.

«So, Karludi», meint Ueli, won er der letscht Hurnuuss setzt, «itz chunt es nume no uf di aa. Du bischt itz no ds Züngli a der Waag. Lue, i ha der nen ordeli schreeg grichtet; das git de nen ugäbige Sibechätzer für sche. So, hou ihm!»

Er git ihm, u dä Hurnuuss schnuusset giechtig wi ne toube Wäschpichüng im Zickzack i ds Riis hingere gäge Gödele zue. Dä satzet zerscht na linggs, nimmt druuf e Gump na rächts u meint, itz heig er ne. Aber im letschten Ougeblick drähjt dä Sydian vo Hornuuss no einisch u schiesst haarscharf bim Schinglenusschnitt düre Gödele zmitts a ds Ziferblatt. Het das es Wäse ggä bi de Göttiwyler! «Nummero! Angerhalbs! Bravo, Karludi! Das hesch guet gmacht! Itz hei mer sche! Göttiwyl het gwunne!»

Di angere hei fryli du no wölle stürme, das gälti nüüt, das syg ekes rächts Nummero. Si hei schliesslig doch müessen ahechnöile; si hei ja wohl gwüsst, dass e Hurnuuss, wo mit em Plouel abta wird, nid numen eis, sogar angerhalbs Nummero zellt. U z verminggmänggele het es äbe da nüüt ggä; Gödus Schmöckschyt, wo bal isch grösser gsi weder e tolle Schueleischt, isch Bewys gnue gsi. D Ariger hei verspilt u müessen i Gottsname de Göttiwyler es Zaabe bläche. Wil teil no müesse ga fueteren u mälche, so het me das du erscht uf di Sibnen aagstellt. Di angere sy aber scho vom Platz ewägg gäg der Pinte zue, für ga z luege, dass gluegt wird.

Es isch Karludin nid grad so rächt im Gürbi gsi, dert o mitzmache. Es het ihm's eigetlig gar nid öppe rächt chönne, dass grad är dä Hurnuuss Gödele, wo itz ja i der Schuelkommission isch, het müessen a d Zingge ruesse. Drum het er gseit, er chöm de hinecht nid, er heig no allergattig z tüe. Aber da ischt er nid gar wohl aacho: Das gäb da nüüt vo drusdrähje. Er söll nume sinne, wi das e Falle miech. Eh weder nid wurd men ihm aahäiche, er chöm us Angscht nid, u das wärd er chuum wölle uf ihn näh. Grad äxtra söll er itz bis änenuus mitmache u nume nüüt derglyche tue. So hei si an ihm patteret u nid lugg gla, bis er schi ddrähjt het u mit ne gäg em Pintli zue trappet isch.

Scho vor de Sibne hei si dert di beide Hurnuussermannschafte a zwene grosse Tischen im Säli obe gsädlet gha. Es isch zerscht no rächt rüejig zueggange, wil ds grosse Gwauscht gwöhnli erscht so nam dritte, vierte Glas losgeit. Aber wo du di Platteti Chüngelipfäffer u Härdöpfelstock sy uftreit worde, het du di bekannti Musig vom Ässen ygsetzt: ds Tätschlen u Sürfle vo vier Dotze Müüler u ds Chrauen u ds Gyxe vo de Mässer u Gabli.

Oben am Tisch vo den Ariger isch Gödu ghocket. Wen er öppen eis sy gschwullnig Zinggen ufgstreckt het, so het me synen Ouge chönnen abläse, dass öppis uber ischt bi ihm. Er ischt wylige disem oder äim öppis ga i ds Ohr chüschele, u wen er schi de ume hinger sy Härdöpfelstockbärg ahegla het, so het me's dütlig um syni Muuleggen ume gseh wätterleiche.

Wi me grad am beschte drannen isch, git es dusse Lärme. Me ghört guet, wi Pinte-Dolf öppis mit em Hung z poleete het. Aber i däm Momänt chunt dä Bäru mit eme grosse, rottschäggete Chatzebalg uber ds Stägli uehe un i ds Säli yhe z satze u het da dermit ubersüünegi Gümp gno, dass dä läng, rotgringelet Moudistiil albe fascht a d Tili uehe gfleutet isch. Der Bueb chunt hingernahe z springe, für nen umen use z bäse, u d Ariger fa aa miaule u rure, dass me chuum no ds eiget Wort verstange het. Wi si gseh, dass die am änere Tisch stutzig wärden u Mässer u Gablen ablege, sy si erscht rächt wytergfahre mit ihrer Chatzemusig. Scho hei es paar Göttiwyler «Souhüng!» ubere bbrüelet, un angeri hei wöllen ufstah für use. Da blinzlet nen Ueli, wo der ganz Pfäffer gschmöckt het, zue: «Gaht nid ufe Lym! 's isch nüüt, si wein is numen i ds Bucki spränge.» Un er rüeft der Wirti, wo mit ere früsche Legi chunt cho derharzwadle: «Hie zuehe, Rosetti! Mir hei äbe gärn vo dene Chüngle, wo uber d Böim uehe chlädere.»

«Eh, das meinten i o, dummi Göhle was si sy!» macht die u stellt uf ihrem Tisch ab. Un äxtra sy si itzen yhegläge, bis es ne ds Tou uf de Nasi füretribe het.

Gödu het chly ne Lätsch gmacht u nes Glas voll ahegläärt. Dä Hick isch ihm nid grad grate, win er het gmeint gha. Er het ne mit em Balg vom alte Pintemoudi, wo geschter isch unger nes Wagerad cho, der Appetit nid chönne vertüüfle. Drum het ne du das Fränkli, won er em Bueb ggä het, für mit em Hung das Theater ufzfüere, erscht rächt groue, u dass si de Göttiwyler dä Fraas müesse zale, het ne bilängerschi meh gworget. Es Näggi sötte di Hagle, u vor allem dä Göigger vo Schumeischter, doch no ubercho. Er tuet derglyche, win er schi uberschlückt hätt, u geit use ga hueschte.

Me het du flyssiger aafa Gsundheit mache un afange der ungerscht Chnopf am Schylee ufta. Aber wo teil o wei der Wärchzüüg ablege, isch Rosetti cho ufbegähre: Da syg de no nüüt vo Ufhöre. Es gang itz grad zersch zu Karludin; dä wärd ihm öppe chuum e Chorb gä. Er het ihre zlieb no chly usegno, aber meh numen uf chlyni Bitzli un uf Sosse gha. Di Ruschtig wär ärdeguet, chüschtig u ling gsi. Drum het er schi du müesse verwungere, dass er ungereinischt es Bitzli i ds Muul uberchunt, won ihm so z tüe git. Er cha lang dranne chöie u's vo der linggen uf di rächti Syten ubere chaule, er man ihm eifach nid z Bode gcho. Da isch ihm di Sach doch du afe chly nüütnutz z Sinn cho, u won er gseht, dass si wyter niemer syne gachtet het, nimmt er doch du das Wäsen use. Er het e Gumi i der Hang, won ihm allwäg Gödu bim Usegah het chönne beize. Er wärweiset zersch, gob er ne däm ächt grad wöll a d Lafoute jätte. Aber da fahrt ihm grad no öppis angersch düre Hübel. Er bhaltet ne schön i der Hang inne u tuet derglyche, wi nüüt gscheh wär. Im verschleikte spanyfet er aber wylige zu Gödun hingere, u won er gseht, wi dä ubere Tisch y hanget u mit Bode-Brächt wichtig z chüschele het, geit er zum Äxgüsi ganz glassne ga ds Pfäischter uftue u cha im Verbygang dä Gumi bi Gödus Täller i d Sosse yhe drücke. Dernah schlarpet er umen a sy Platz u macht dert ganz rüejig sys Räschteli fertig, het aber name Rüngli ume hingere gschilet u gwahret, wi itze Gödu schuderhaft z chaule het u derby d Ouge verdrähjt. Er het der Chopf vorahe un uberbysst, dass er nid mües usepfupfe.

Aber im glychen Ougeblick springt dä uuf u fat aa füürtüüfle: «Was Verfluechts isch das? Wär het mer di Souerei anegmacht?» Dermit pängglet er dä verchätschet Gumi zu Karludin ubere. Di angere strecke natürlig itz ihri Häls o u wei d Gwungernasi fuetere. Karludi het das Wäsen uuf u meint ganz gmüetlig: «He, mach doch nid eso! I ha vori o lang drann gchätschet u nüüt derglyche ta, u wär da derhingersteckt, wirsch du däich sälber am beschte wüsse.» Da hei si aafa gugle, ei Schütti uf di anger, dass derby Sagi-Hänsele ds obere Biis aheggheit isch.

Gödun ischt aber ds Füür gääi i ds Dach gschosse: «Fotzuhüng syt'er allzäme dert äne, u der Schumeischter isch grad no der ergscht!» Dermit nimmt er e Satz ubere Tisch y uf Karludin zue. Dä chrümmt si gschwing, cha ne so ungerlouffe, nen ungeruuf packen u mit ihm z Bode. Dert het si Gödu aber nid wöllen ergä, het aafa wärchen u sperzen u zable, dass si zämethaft aafa troole. Bal isch Karludi obenuffe, bal ume Gödu, u so geit das dür ds ganze Säli uus bis zur Türe füre. Da chunt grad Pintefritz, der Wirt, ds Stägli uehe z chyche, für cho z luege, was da ömel o los syg. Er cha das Trooli grad no ufha, dass es nid uberuus isch. Di angere chömen o cho zuehezspringe, u me fat a dene zweene aafa schrysse, bis me sen äntlige usengangere het. U druuf nimmt der Wirt ds Wort, was si eigetlig für dummi Esle syge, däwäg ga z schuelbuebele, dass me si fei mües schäme für sche. Am Namittag tüei me zäme hurnuusse u nachhär, we me nes Glas Wy heig gha, enangere am Boden ume tröölen un erwusche wi di junge Hüng.

«Es ischt eifach nid rächt zueggange», spängelet Gödu dry. «Das isch ke rächte Streich gsi vom Schumeischter, dä Hurnuuss isch gleite gsi.»

«Jä so,» rühelet der Wirt, won er Gödus Nase aaluegt. «Weisch Godi, das chunt dervo. We me d Nase gäng allnen Ort wott zvordersch ha, so cha eim äbcn einisch öppis draflüge, un es wär allwäg lätz gsi, wen es dernäbe ggange wär. 's isch vilicht guet für nes angersch Mal. Aber itze syt mer ds Hergets u fat mer umen aa! Süsch wird de ds Säli gruumt, we dihr nid chöit Ornig ha.» Dernah isch er zmitts i sen yhe gstange u het «Und jetzt ihr Bauern klein und gross, jetzt fasset's nöie Muet» aagstimmt, das Lied, won er gäng uf em Tapeet het, wen es bimene Aalass öppe nid rächt wott gyge. Alls ischt ygfalle, u so het er'sch dahibbrunge, dass es du rächt e gmüetlige Hurnuusseraabe ggä het. Gödu het d Pfyffe doch du o yzoge un isch bezyte hei, sy Nase ga chüele.

Am angere Morgen aber, Karludi het no di letschti Summerschuel gha fertig z mache, het es a sy Schuelstubetür topplet. Wär steit dusse? Es isch Gödun, wo ne chunt cho frage, gob er na der Schuel nid mit ihm i d Pinte ahe chäm. Di Gschicht vo nächti heig ne du nachhär fei echly plaget, un er wetti doch de ke Ufride zwüsche ihne beidne. Itz heig er du ddäicht, si wette hütt zäme ga Zmittag ässe, für de

Lüte z zeige, dass si de nid zämen uneis syge u das Glööl vo nächti vergässe heige.

Das fröi ihn, het Karludi gseit, un isch na der Schuel gäg der Pinte zue.

Es het der Wirt grüüseli glächeret, won er di beide so styf zäme gseht amene Tischli höckle. Wo si fertig sy mit Ässe, chunt er mit ere Fläsche Pütschierte.

«Grad so mues me's mache, we me de Lüte nid i d Müüler cho will. Itz syt dihr fei echly Pursche, u das isch sauft es Fläschli wärt!» U nam Gsundheite isch er zrugg gläge, het ds Sametchäppi hinger a sy grau Haarbalg gmüpft un ume sys bekannte Pureliedli aagstimmt.

Ds Bärnerträchtli

Am Aabe vom erschte Samschtig im Horner ischt i der Arigepinte Grossbetriib. Der Platz näb der Schüür isch bis i ds Strässli use mit Schlitten uberstellt, un im Rossstall inne chraue meh weder zwänzg Göil uf de Bsetzisteine ume. Pintefritz het ds Sametchäppi uf guet Wätter grichtet; er treit ganz Arfleti Fläschi us em Chäller uehe. Us der Chuchi use chunt es heimeligs Gschmäckli vo Söibrägel u Bratwürschte, wo in eimfurt i de Pfanni inne sprätzle.

D Gsangvereine vo Göttiwyl-Arige hei hinecht Konzärt u Theater, u das ziet di Lüt von allne Höger ahe, wil süscht ja der ganz Winter i der Gäget weni u nid vil los isch. Im Säli sy di länge Vorstüel scho fasch bis hingeruus bsetzt, u gäng chunt es no uber ds Stägli uehe z trogle.

Im chlyne Säli uberobe sy di Sänger u Sängerinne scho ne Rung zum Aasingen ufgstellt. Ds Mannevolch salbet derzue der Hals namässig mit La Côte, u d Meitschi luege mit Münzetäfeli ihri Stimmli z putze. Karludi isch nid grad zfride mit ne. Er het nen am Aabe vorhine vorgschlage gha, si sölle de für hinecht we mügli d Tracht aalege. Es düech ihn, das syg eifach ds rächte Sunndigschleid für Puremeitschi; dadrinne stelle si öppis vor, meh weder i däm halbstedtische Gfländer, wo weder hinger no vor zue ne passi. U won er itze luegt, gseht er nume nes einzigs im Tschööpli. Es isch ds Roseli, das luschtige, aamächelige Meitschi vom Bächi.

«Hättet dihr ech itz nid o chönnen aalege wi Roseli?» macht er zue ne, won er di Tächteri echly stächig het i ds Oug gfasset gha.

«Es het mer zvil z tüe ggä», seit eini.

«I chönnt wääger nid singe i däm ytane Züüg inne, verschwyge de no tanze», en angeri, u d Presidänti bhertet tüür u fescht, me dörfi's hürmehi chuum no wage, i der Tracht furt oder a nen Aalass z gah, wil e niedere Glünggi meini, er chönn mit eim mache, was er wöll, we me büürsch derhärchöm. Es isch drum die Zyt gsi, wo üsi Bärnertracht chly i Verruef isch cho gsi; si het sälbisch i de grössere Bahnhofbüffee un i de Kursäl vo de Chällneri müesse trage wärde, u das ischt uf enen Art u Wys gscheh, dass si so in der Tat wüescht ischt i Verruef cho.

Aber Karludi lat das nid la gälte: «Äbe grad um so meh söttet dihr Puremeitschi öji Tracht ume luege z Ehre z zie, für z zeige, dass de da no öpper anger derhinger steit. Alli Achtig vor Roseli, dass äs es gwagt het!»

Däm hei d Bäckli uf das hi erscht rächt aafa glüeie, u syni Chirschiöigli hei gglänzt, was het wölle säge: «Grad wäge dir ha sen aagleit! Gfalle der?»

Itz chunt der Presidänt cho derhärzchyche: «So, ihr Lüt, mir sötte de öppe drahi. Ds Säli isch bis hingeruus voll, u d Zyt ischt ume. Mir müesse de ume hinger bi der Schüür uber ds Leiterli uuf u dür d Höibüni düre zum Ufträtte. Es isch Bruuch, dass der Jüngscht de Meitschi geit ga ds Leiterli ha. Wär isch dä?»

«Karludi, der Schumeischter!» brüelet's mehrersyts. Dä ischt aber nid grad schützig druflos, wil er meint, dass syg meh nume Gspass. Won ihm aber der Presidänt no einischt z bedütte git, das stimmi de, di Meitschi chönn me nid aleini uber das Waggelileiterli uehe la, es chönnt süsch no öppis Dumms gä, het er doch du müesse dra gloube.

Er het si gar schröckeli gschiniert u wääger fasch nid gwüsst, won er söll hiluege, wo di erschte dracho sy. U fascht e niederi het no öppis gha an ihn z pänggle:

«Aber hudle de nid öppen äxtra!»

«Gäll, du hesch mi de, wen i ahegheit bi?»

«Mach mer de nüüt, süsch göissen i de!»

So sy di Meitschi gly alli dobe gsi, bis a ds Bärnerträchtli, wo allwäg grad äxtra bis zletscht gwartet het.

«Wen i nume scho dobe wär! Es dutteret mer gwünd fascht echly», angschtet's schynheilig u steit uf en erschte Seigel. Aber scho bim dritte etschlipft es, lat es Göissli uus u chunt sytligen umen ahezrütsche. Was het dä guet Karludi angersch wölle, weder'sch gschwing i syni Armen ufzfasse u's z ha, u won er du das linge Trachtechatzli a syr Bruscht gspürt u ne di schwarze Chrüüseli um d Nasen ume chutzele, het's ihm du wääger nid grad pressiert mit Abstelle, un em Meitschi no minger, für schi öppe loszmache. Im Gägeteil, es lat si no neher zu ihm zuehe, git ihm hurti es Müntschi uf d Backe u gügelet: «Merci, Karludi! Du bisch de gwüss nahdischt e liebe.» Dernah schnellt es von ihm u scheichlet wi nes Eichhörnli ds Leiterli uuf i d Büni yhe. Vo Duttere isch da de nüüt meh gsi u bi ihm o nüüt vo Leiterliha. Ganz verdutzten isch er dagstange, wil er no gar nid isch nahecho. Guet, dass es feischter isch u niemer gseht, win är e züntige Hübel het; er hätt si bim Tüünerli müesse schäme. So het ne das erschte Meitschimüntschi i Gusel bbrunge.

D Männerchörler stah itz uf em Büneli schön bbüschelet parat. Teil hüeschtle no chly, angeri strychle d Schnöiz schön zwäg, u wo der Dirigänt ds Glöggli schüttlet, stelle si d Chiflen uuf. Der Vorhang rumplet uehe, un itz la si ihri Vatterlands-, Jagd- u Trinklieder los, u de grad brav gä si von ne, u harminiere tuet's, dass es e Fröid isch. Wo si du zletscht no ds «Röslein im Walde» hei aagsungen u Karludi bim Umeschile di schwarze Chruuseli bire Gulisse gseht füregüggele, isch ihm ds Bluet ume gääi i Chopf gschosse, un a der Backe het ne das Müntschi früsch umen aafa brönne. Er isch so i Täber cho, dass er di schöni Stell, wo der Bass das «Wahal-de-he» so gäbig cha ungeruehen orgele, grad es Gsatz z früe losgla het un ihm di Näbetmanne vo linggs u rächts mit den Ellbögen ugäbig hei müessen i d Rüppi fahre. Won ihm du der Dirigänt derzue no ne giechtige

Blick zuepängglet, isch er doch du ume zue sech sälber cho, u das Brönnen a der Backe het o ume nahgla.

Na de Gmischt- u Frouechorliedere wär du ds Theaterstückli a d Reie cho. «Ds Babeli vom Zürisee» het es gheisse, en ufpööggete Schwank imene versalbaderete Züridütsch. Me het äbe dennzemal üsi guete Bärndütschstück no nid gha u het de zu settiger Ruschtig müesse gryffe, we me nid öppis «von draussen» het wölle näh. – Nu, i däm Babelistück het si e Studänt i nes Dienschtmeitschi müesse verchleide, dass er so en ungschlachte Näbebueler, wo o ds glyche Meitschi gärn wett, cha absüfere. Zletscht git er schi de z erchennen u ziet di Wybervolchchleider uf der Büni ab. Karludi het di Babeirolle gha. Won er schi im Höibüneli usse zwäggmacht het, meint du Joggis Miggu zuen ihm, wo de der Gägespiler het müesse mänge, er söll de mache, dass ihm d Hose nid unger em Chittel füre luege, wi nächti bir Vorprob; er zug sen am ringschte grad ab. Ohni wytersch öppis z däiche, macht er'sch so. Wil Miggu gar verflüemelet waggelig i syr Rollen inne gstangen isch, het er du mit Karludin abgmacht, er söll doch de nes Oug uf ihn ha, we si nid grad zämen uf der Büni syge, un ihm ja guet vorsäge, ömel de dert, won er de em Meitschi e Hüratsaatrag mües mache.

Itz isch das eso gsi: D Schuelkommission het gfunge gha, me sött dene Lehrer ds Löhndli chly uehetue, vo sibehundert uf sibehundertfüfzg Fränkli uehe, wohlverstange, i dene sibehundert im Jahr isch de alls derby gsi, Gmeindsbsoldig u d Staatszuelag. Me wird vilicht hütt der Chopf schüttlen uber das Hungerlöhndli vomene bärnische Dorfschumeischter. Aber me mues de nid vergässe, dass dennzemal es Zwänzgi meh wärt isch gsi weder hüttigstags es Fränkli, dass me denn für ne nöji Guettuechbchleidig öppe vierzg Fränkli zalt het, für nes Paar doppelsölig Schue sibni, für Choscht u Logis füfedryssg bis vierzg im Monet, für ne Liter herrliche Waadtländer eiszwänzg u für nes Gnagi füfezwänzg Rappe. Da het ds Gält äbe no ne Wärt gha u het bschosse; we me mit eme Föiflyber im Sack a nen Aalass isch, so het me gmeint, wi men aaglet syg u het's fei echly chönne la flädere.

Item, dä Aatrag vo der Schuelkommission het bim Gmeindrat nid grad wölle Bode fasse, wil me dert der Aasicht gsi isch, di Schumeischter in ihrem Viertel syge toll zalt im Verglych zu angernen Orte, un es sygi nid guet, we me die z fascht lai la i ds Chrut schiesse. U Joggis Miggu, der Gägespiler im «Babeli», wo o ischt im Gmeindrat ghokket, het o i ds glyche Horn bblase, u das het äbe Karludin gheglet.

Itz isch du di Stell mit em Hüratsaatrag cho, u richtig chunt Miggu us em Glöis u fat gar schröcklig aafa stürme. Aber Karludi, wo däm Züüg hinger der Gulisse zueglost het, isch rüejig bblibe u het dä Gmeindrat i syr Not la zable. Dä fat aa, umenangere z louffe wi nen Yschbär ire Chrääzen inne, chunt gäg ihn zue z schweibe u chychet: «Karludi, wi geit's wyter? Säg mer doch vor!» Dä däicht aber, itz heig er nen einischt i der Zange u lai ne nid druus, bis er d Milch ahegla heig. Er wischelet ihm zrugg: «Aber nume, we du «Ja» stimmsch wäg der Bsoldig, süscht aber säge der my Seech kes Wörtli. – Mach wi de witt, ja oder nei!»

«Ja, i will, i will; aber itz los! Der Tuusiggottswille säg mer vor!»

Derwylen isch ds Meitschi uf di angeri Syten ubere ga a der Schöibe chnüüble, dass me hätt chönne meine, es söll so sy, es dörf keis aafa u füre mit de Charte. Itz het Karludi du ärschtig aafa chüschele, u dä Liebhaber ischt uf das Meitschi los, bis er der Abchabis het ygsacket gha.

Wo du na däm Ufzug der Vorhang ahegchesslet isch, meint du Miggu ganz tuuche zu Karludin, das sigi eigetlig de Tierquälerei, was är da mit ihm aagstellt heig, u di sygi de strafbar.

«Aber erger weder das wär de no», git ihm Karludi zrugg, «we ne Gmeindrat de öppe wortbrüchig wurd. Aber das glouben i de nid vo dir, so win i di chenne ...» Un es ischt ömel guet usecho; z Hustage sy d Lehrerbsoldigli um füfzg Fränkli ueheta worde.

Der zweit Akt isch du dracho, äbe, wo si das Babeli du het ghüttet un us däm Tschaupliwybervölchli e flotte Studänt gschloffen isch. Aber wo Karludi der Chittel ahelat, steit er richtig i de blossen Ungerhose da, dass allszäme grediuse ggöisset het. Was het er angersch wölle, weder dä Chittel ume uehezschryssen u so fertig z mache? Un alls het Fröid dranne gha; bsungerbar d Froui sy ne cho rüeme, win er das cheibe guet gmacht heig mit em Chittel u si sech fasch chrumm glachet heige. No sogar Gottlieb ischt ihm cho ds Kumplimänt mache, er heigi de das Babeli wättigs guet ggä u si wölle de zäme no nes Glas Wy treiche.

Drufahe het me di Stüel umen us em Saal use gruumt u zringetum tischet. Di «gmüetlegi Vereinigung» het du aagfange. Gyger-Kobi het sys Handhärpfli ume schützelig tryschaagget u's bi syne Galöppli, Walzerli u Mischtträppeler gmacht z weile. U de no sogar e nöie Tanz het er chönne, der Chrützpolka, wo sälbisch grad nöi ischt ufcho gsi.

Da het du Karludi es bös's Verding gha; e niederi vo dene Gsangvereinstächteri het eine mit ihm wölle fahre, u wen er de öppe gmeint het, er wöll itz einisch chly verschnuppe, so isch gwüss umen eini cho derhär z zyben u het ne gschrissc. Wil er ihm no nid bi allne Tänze grad eso isch druffe gsi, hei si de aagwängt, für ne z brichte, wi me dä un äine mües schritte un ihm de d Melodie imene Gsätzli derzue gsunge, dass er'sch ender i d Bei uberchöm. U ds Bärnerträchtli ischt o di ganz Zyt um ihn ume zwirblet u het ne flyssig zum Tanze aaggablet. «Lue, Karludi», seit es, wo Kobi ume mit eme nöie Chehrli ygsetzt het, «das ischt itz der Vierschrittler: i will di dä lehre. Ghörsch, win er gyget:

Eins, zwei, drei und vier,
Meitschi zie dys Schöibeli ab
Und tanze eis mit mir!
Also, uf eins, zwei, drei und vier, geit me gäng e Schritt sytlige u de bim ‹Meitschi zie dys Schöibeli ab und tanze eis mit mir› haset me de im Galopp hingertsi, u bis das Chehrli ume chunt, macht men eifach Schottisch zwüschenyhe. So, los! Mir wei ne probiere!»

Karludi het das Wäse nöie no gradeinisch gchopfet gha, un es het nen ärdeschön ddüecht. Allimal, we dä Vierschrittler cho isch, het er ds Trächteli greicht, u de ischt er de albe mit ihm uf däm ghogerige Boden umenang gschnuusset, dass es nume so gstobe het.

Es isch scho ordeli na Mittinacht gsi, won er ume mit ihm gfahren isch. Won er'sch ume het wölle a Platz füere, seit es, äs gloubi, es wöll gäge heizue.

«So aleini?» macht Karludi, ohni vil angersch derby z däiche.

«Ho, mi nimmt doch niemer, u derzue brung me mi allwäg grad ume, we mi öpper nähm. Weder es wurd mi ja glych fröie, we de gschwing mit mer chämsch. Ja, we's der ömel nüüt usmacht.»

«Me söll nie vo früschnen Öpfelchüechli louffe u nie nes jungs Meitschi aleini hei la, han i verwiche nöime ghöre säge. Also, i gah gschwing ga der Huet reiche u warte der de ubernide.»

U gly druuf sy si zämen abtschöttelet. Karludi het ihm vor Schüüchi chuum der Arm dörfe gä, er het's wääger numen am Finger gfüert. Won er ihm aber vor em Huus wott adie säge, seit es, är söll doch no gschwing uberuehe cho. Es mach de no nes Schwarzes, u das tüei ihne guet uf dä Wy uehe. Si tüüssele zämen uber di usseri Stägen uuf uf ds Löibli uehe, es ziet ne süüferli am Arm i ds Gädeli yhe, macht d Umhängli u ds Rigeli vür u züntet d Stehlampen aa. Es isch ds erschtmal, dass Karludi so imene Meitschijuhee isch; drum mues er das echly guet gschoue. Im inneren Eggen isch es höchs Bett mit eme ghüsleten Aazug, im angere steit vor eme gstrichlete Ruebett zuehe nes Tischli mit zwene Stüele, un a der Wang uf der angere Syte mache si ne grosse Schnitztrog u ne zwöitörige Schaft breit. Zwüschenyhe sy d Wäng mit aaggüfelete Aasichtscharti garniert.

«Gäll, es ischt echly chalt da obe? Weder erfriere wärde mer öppe chuum zäme. I ha gschwing es Gaffi zwäg; das erwärmt is de.» Dermit nimmt es es Wygeischtmaschineli, Gaffiruschtig, ds Gschiir u der Chirschiwassergutter us em Schaft usen u fat aa fäliere.

«Du bisch da fei echly gäbig ygrichtet, du hesch grad alls binangere», meint Karludi chly erstuunete.

«I mache äbe hie u da no gschwing es Gaffeli, wen i öppen eis spät heichume, begryfsch, öppe so nam Singe, u de gahn i äbe lieber nid i d Chuchi ahe ga desumerumoore, dass myni Lüt erwacheti. Drum han i alls da obe.» Gly druuf fat ds Wasser aafa glüürlen u plöderle, un es macht di Ruschtig zwäg. Won es zwöi Chacheli voll het ygschäicht gha, höcklet's zfridnigs uf ds Ruebett ahe u ziet Karludin zue sech. Dä het es ddüecht, es chönnt ömel im Himel nid schöner sy, weder so mit eme nätte Trachtemeitschi aleini uf eme linge Ruebett bimene Gaffi z höckle, u das Chrottli het nen aaglächlet wi nes jungs Turteltübeli. Win er schi neher zu ihm zuehe lat un afe nes Schlückli us sym Chacheli näh wott, schiesst er ungereinisch zwäg; es ischt ihm, er ghöri dusse d Stägetritte gyxe.

«Los, chunt ächt nid öpper d Stäge uehe? Wei mer ächt nid d Lampen ablösche?» Aber win er ufstah un obenahe blase wott, chlöpferlet's scho am Pfäischterli. Er luegt erstuunet ds Meitschi aa u gseht, wi das es züntigs Chöpfli uberchunt. Itz chlöpferlet's no einisch, aber därung scho chly chächer.

«Was isch da los? Da wott allwäg en angere zue der.» Es wott ihm öppis chüschele, aber i däm Momänt ghört me's ussefür «Roseli, Roseli! Bisch no uuf?» rüeffe.

«So, i gloube, i syg da am lätzen Ort, i gah», ruret Karludi chly uwirsche, steit uuf u nimmt sy Huet.

«Du, häb di doch still! Du chascht ömel hie nid use, u süscht isch ja niene ke Tür u kes Pfäischter.»

«Ja, was wei mer de mache? Da warte, bis dä ume geit?»

«Das geit nid, wil er ja gseht, dass i Liecht ha. I gloube, es syg der Turi im Dorf nide. Si wei gloub morn e Schlittepartie mache, un i sött schynt's o mit. Itz wird er mer'sch öppe wölle cho go säge.»

«He nu, so gang red mit ihm use oder heis ne grad da zuen is yhe. Schliesslig isch da nid vil angersch derby, wen er mi ...»

«Ne nei, das wett i nid, dass er di da by mer gsäch. Begryfsch, das miech si nid grad guet. Aber weisch du was? Gang du derwyle da i dä Trog yhe. De tuen ihm uuf u luege ne gleitig umen abzschüfele. Es Momäntli wirsch es scho usgstah da drinne.» Es lüpft der Dechel, u Karludi weis i Gottsname nüüt angersch, weder ihm z folge.

Itz macht es d Türen uuf, u dä anger chunt yhe.

«Was donnersch hesch du itz ömel o gha, dass du so lang gnüütet hesch?» begährt dä hagebuechigen uuf. «Hescht öppe nen angere by der?»

«Wi wett i o, Stürmi was de bisch! I ha no nes Gaffi gmacht, u wil ds Wasser grad het aafa plodere, han i's zerscht ömel no müessen abschütten, gob der ha chönne cho uftue. Du weischt ja, mir hei hinecht Konzärt gha, un uf dä chalt Wy uehe nimen i de albe gärn no öppis Warms.»

«Äbe, u de hesch grad zwöi aagrichtet. Du wirsch de grüüsli erlächnet sy.»

«He, won i di ha ghört, han i ddäicht, i richti für di o grad eis aa, du wärdisch chuum de nei säge. So hock itz ab u stürm nid lang! Weisch, i bi gnietig u wett de öppen ungere.»

«Wettisch? Angerimal bischt ömel albe nienehalb so schützig.»

«Bscht, nid z lut, süsch ghöre si's!» Un es verhet ihm ds Muul derzue.

«So so, angerimal! Luegt es also zu däm Bareloch use? U du lasch di so la yheflismen u huurisch wäg eme settige zwöifachen i däm cheibe Trog inne?» So füürtüüflets i däm arme Karludi inne, un er cha nüüt mache, weder wyter zuelose, wi dä anger Hagel sys Gaffi suuft u wi si zäme chüschelen u schmätzele un uf em Ruebett ume nuusche. Äs tuet fryli hie u da derglyche, win es an ihm patteri, dass er itze heigang. Dä tuet glych ke Wauch u setzt gäng früsch umen aa. So ischt ei Stung, sy zwo vergange, un är muutrummet gäng no i sym Trog inne. Syni Glider fa nen aafa schmirze, un er darf si nid verrüere; derzue fat ne der Aaten aafa plage, wil er schier ke Luft meh het. Er weis nid, wott er grad der Dechel ufschiessen un i d Stuben use satze. Aber de wär d Chappen erscht rächt lätzi, un us eim Übel gäb es de grad zwöi.

Äntlige, es het scho gäg de Viere grückt, het dä Türu doch du afen uuf u macht Anstalte für öppe de z gah. Aber uf em Löibli usse geit das Gchüschel früsch ume los, un es geit no fei echly ne Rung, bis Karludi d Stägetritte ume ghört gyxe un är der Dechel darf lüpfe. Wo Roseli umen yhechunt, steit er scho i der Stuben usse u drückt sy verwuuschet Huet umen i d Gredi.

«Gäll, bis nid höhn, dass es itz chly lenger ggangen isch! Aber du muesch begryffe, es isch halt e guete Bekannte von is; drum ha ne nid grad mit Gwalt chönne furtjage. I ha gwüss mys Mügligschte gmacht; das hesch ja ghört.»

«Ja ja, du hesch dys Mügligschte gmacht, das han i ghört. Aber ds nechschtmal muesch de der anger aastelle, für mit der heizgha, wil dä bi dir schynts besser deheimen isch. I wünsche dir rächt vil Vergnüege zu dyr Schlittepartie u danke der no für das Gaffi, wo du dy Türu gsoffe het. Adie!»

Wo Karludi druuf uf däm verschneite Göttiwylsträssli heizue zottlet, het er eis uber ds angerischt der Chopf müesse schüttlen uber ihn sälber, dass ihn das erschte Meitschimüntschi uf der Backe so lang het chönne brönne. Aber da schnellt er schi umen i Sänkel, ziet lenger uus u tüüderlet in eimfurt vor sech ane:

Eins, zwei, drei und vier,
Meitschi, i dym Trächteli,
I tanze nümm mit dir!

Lebe wohl, ich muss dich lassen

«Wen es ere Geiss z wohl isch, so sperzt si, bis 's ere wirscher wird», seit men albe. U fascht so isch es o Karludin ggange. Er wär ja gwünd wohl gsi i däm Göttiwyl, wen er'sch richtig hätt chönne sinne, wil es dert vil Gfröits gha het: Aahänglegi, freini Pursch, gäbegi Lüt, e verständegi Schuelkommission mit eme guetmeinige, grundehrlige Presidänt, wo so ne junge Grünspächt vomene Schumeischter syni Gitzisprüng lat la tue, ohni vil Wäses drus z mache. Aber handchehrum ischt ihm doch de sy Färech da obe afe z äng worde; es het ne mängisch ddüecht, är mit syr Sprützegi sött eifach chly meh Wyti ha, für drinne chönne z acheriere. O sys Schuelhüsli ischt ihm bilängerschi leider u schitterer vorcho gägen angeri i der Neechtsami, d Lüt mängisch z ungschlacht u z grobjänisch u d Gäget z hert näbenusse. Es ischt ihm o ggange, wi vilnen angerne, wo gäng nume ds Schöne vo dene näbezuehe u ds Wüeschte bi ihne gwahre u de Verglychen aastelle, bis si mit ihne sälber u mit der ganze Wält uneis wärde.

So isch Karludi der anger Winter ömel o in eis vo dene schöne Nachberdörfer es Konzärt vo de Gsangvereine ga bsueche u het dert vil gseh, wo ne du gäge sys Göttiwyl wüescht ufgreiset het: e grosse Saal mit glänzigem Parkettbode, e breiti Theaterbüni mit elektrischer Belüüchtigsyrichtig, besser aagleiti u fyner gstrählti Lüt mit gschliffnigere Stimme zum Singe, eifacht alls vil gerissner weder bi ihne deheime. Da ischt ihm du ihres Pintebüneli mit em bouelige Vorhängli, de schäbige, abgripsete Gulissli u ruessige Petrollampi erscht rächt myggerig vorcho, un er het si fasch nid chönne vorstelle, win er da no einisch sött ufträtte. Aber hie, da wohl, da wär öppis z mache mit Theatere, we me da zgrächtem derhinger gieng, da chönnt me Stück uffüere, dass wyt u breit nüüt eso.

Das schöne Breitstette u Theaterspile uf ere grosse Büni ischt ihm nachhär nümm us em Chopf, un es het ne ddüecht, das wär itz grad der Ort für z zeige, was är für ne Täche syg. U richtig het's der Zuefall wölle, dass dert z Hustage druuf d Oberschuel ischt usgschribe worde. Karludi het si gmäldet un isch gwählt worde. Es het ne ja scho gfröit, dass das itz so ring ggangen isch, angersyts aber isch es ihm doch verflüemelet nid rächt u zwider gsi, vo hie furtzgah.

Es isch Samschtigzaabe gsi, un er het grad mit Gottliebe i der Pinte nes Jässli gmacht, won er der Bricht vo syr Wahl ubercho het.

«Söll i's ächt Gottliebe grad säge, oder söll i ächt no warte?» wärweiset er lang hin u här. «Es isch doch allwäg gschyder, i gang grad füre mit de Charti, wil's ne süsch no meh tät müeie, wen er'sch de vo anger Lüte müesst vernäh.» Es het ihm schützlig z worge ggä, bis er der Rank het gfungen u's äntlige het dusse gha, un er het o gseh, win es Gottliebe ergolzet het.

«So so», macht dä drufane waggelig, «isch das itz scho richtigs? Dass du nid alli Lengi bi nis blybisch, das het me ... ja eh, chönnen aanäh; aber dass es grad so tifig gieng, hätt i doch nid vo der ddäicht.»

«Ig eigetlig o nid», macht Karludi ordeli chlyne. «Aber da isch halt du das Breitstette derzwüsche cho ... I gah gwünd nid gärn furt vo hie; es röit mi vil, u du, Gottlieb, de no grad am meischte.»

«Du mi wääger o, un allwäg o vil anger Lüt; drum hättisch doch vilicht nid sölle ... ja eh, i weis de nid ... Jä nu, mir wei aanäh, du fingisch dert, was de gsuecht hesch, un i wünsche dir ... nüüt weder Glück.» Wo Karludi gseht, wi's ihm aafat ds Chini hudle, het är o müessen uf d Syte luege. Er het d Charten abgleit un isch tuuche gäge heizue.

Dä letsch Schueltag bi syne Göttiwyler Pursche vergisst er allwäg nie. Es ischt amene schöne Vormittag im Abrelle gsi. Dürhar het es vo früschem Gras u jungem Loub gschmöckt, u d Sunne het bsungersch früntlig uf das heimelige Dörfli ahe glächlet. Uf em Surgrauechboum näb em Schuelhüsli het ume ne Rinscher grügelet u gfäcklet. Wo Karludi i d Schuelstuben yhe chunt, hei d Purschli alli d Chöpf vorahe gheltet; teil hei scho d Naselümpe dervor gha. Er het se no chly la schryben u la läse. Di letschti Stung ischt ihm zwider gsi, wil er gmerkt het, dass da allwäg ganzi Schwettine Ougewasser uber wäre. Er wett das aber lieber nid z fascht la ubergheie u sinnet, win er ächt das söll aagattige.

«So, un itz, liebi Chinder, wei mer däich no öppis singe, aber lieber öppis Chächs, dass's is de nid so geit wi färn uf der Rütlireis der Klass us em Zugerländli. Bsinnet dihr öich no, uf em Schiff z Gersou, won es so gstürmt u gwället het?»

Das het ne du fryli d Muuleggen ume chly hingere gschrisse, u dernah hei si Lied um Lied, won er mit ne het glehrt gha, losgla. So wär es bis dato no rächt styf ggange, dass er gmeint het, itz wär der Zyme günschtig, für nen adie z säge. Aber da stimmt ds Bärtschi Rosetti von ihm uus no «Laue Lüfte fühl' ich wehen» aa, das Lied, wo si ihm vor angerhalb Jahre zum Aafa gsunge hei. Di erschti Strophe wär no so ggange. Wo si aber i der zwöite zum «Lebe wohl, ich muss dich lassen» chöme, fat eis vo de vorderen aa uberbyssen un uberchunt Ougewasser; das häicht's däm näbezuehen aa u beidi der ganze Reie, u gob d Strophe fertig isch, het's scho di ganzi Klass. Ds Ougewasser louft ne zum Singen uber d Backi ahe, grad prezys wi sälbisch den angeren uf em Schiff a der Rütlireis. Er wott's no luege z verha u fallt sälber y. Aber bim «Gott behüt euch nah und ferne» het scho alls der Chopf uf em Tisch niden u prieggget. Er singt no aleini wyter «Denkt an den entfernten Freund, was sich liebet, bleibt vereint», u nachhär isch es o um ihn gscheh gsi. Vo öppis säge wär nüüt meh gsi; on är het müesse ds Nastuech fürenäh u d Nase schnütze, u dermit ischt er usen un abb.

Vom Surgrauechboum schnäderet der Rinscher schadefroh uf ihn los: «Gäll itze, gäll itze? Da hesch, da hesch? Wärsch bblibe, wärsch bblibe! Gränn nume, 's isch rächt!»

«Ja ja, wärsch bblibe, da hesch! Grad eso ha mer'sch doch nid vorgstellt gha. Aber äbe, es wird eim öppis nüüt so wärt, wi we me's de einscht nümme het oder we me von ihm mues la. Wen i das hätt sölle wüsse, nei... Aber was wottischt itze? Da hesch! Er het rächt, dä da obe!»

So het es in ihm gchesslet, won er bbrätschete dür ds Wägli uuf plampet isch. Er het der Tuller la hange bis a Boden ahe u gänganeim müesse stillstah u nahesinne. Won er schi uf em Hoger obe no einscht umdrähjt un uf das heimelige Göttiwyl un uf sys bruune Schuelhüsli aheluegt un eis um ds anger vo syne Pursche gseht gäge heizue tyche, het es früsch ume in ihm aafa töne: «Lebewohl, ich muss dich lassen!»

Er het du i sym nöie Hei o vil Schöns erläbt, da o gueti Fründe funge, won ihm tröi zur Syte gstange sy, i däm Saal, wo ne sälbisch so gjuckt het, mängs Theater ufgfüert, dass er dermit fei echly isch bekannt worde, un isch du schliesslig i der Stadt inne zumene dritte schöne Hei cho.

Un itze, won er uf sym Läbeswäg zum föifesibezigschte Marchstei cho isch u nümme so ne grosse Bitz vor sech het, ziet's ne bilängerschi meh, si umzdrähje, u da züntet de gäng eis Plätzli heiter vo wyt hingerfüre, das Plätzli, won är als junge Schumeischter syni Lehrblätze gmacht u d Hörndli abgschosse het: Göttiwyl!

Riedegg-Chrischtis Touffi

Riedegg-Chrischtis Touffi

We süscht albe Chrischti, das wärklige Eier- u Grämplermanndli vom Riedeggli, däm schittere Taunerhüsli am schattige Port hinger em Göttiwyler Wald obe, i Chehr isch mit sym Eierchischtli- u Hüenerchrääzerääf, so ischt er gäng öppe gspassigen ufgleit gsi u het mit em Wybervolch gäng guet gwüsst z tschigglen u z scharwänzle. Bi chlüpfige Purefroue het er derglyche ta, win er schi tät stolpere u's ne mit der vollen Eierchischte wett i d Chuchi use rieschtere, dass si ömel ja rächt müesse göisse vor Chlupf, di chräschlige Tächteri ischt er hingerrucks mit eme Strouhäumli ga um d Öhrli ume chutzele, we si öppen am Chuchitisch grüschtet hei, u het de grüüsli müesse rühele, we si de öppe nes Dotze Mal d Flöige hei wölle verjage, u bim Eierzelle het er ne de meischtens aafa luschtegi Gsätzli ufsäge, dass si eis uber ds angerischt druscho sy u gäng früsch ume hei müesse voraafa.

Aber de hei si ne de alben o ufe Huet gno: Gob er gäng no nüüt ungerhänds heig; es wär itz de afe Zyt mit ihm, süsch sygi's de Matthäi am letschte, u de gäb es en alte Chruturfel us ihm. Aber das hätt de gwüss nahdisch ke Gattig, wen är de öppen einischt ohni Nachkomme sötti stärbe.

Är ischt aber dertdüre o nid uf ds Muul gheit gsi u het ne gäng d Hüener gwüsst yztue: Er heigi nöie vorlöiffig Wybervolchs gnue; me syg doch gäng numen aagschmiert mit ne. Er heig's o so, wi albe Ey-Bänz wäge de Rosse gseit heig: Es syg keim nüüt z troue, bis me d Hut zur Gärbi tragi. Derzue syg er gäng no baas aleini. Da chönn er ömel gäng no befälen u folge, u wi liecht wi liecht chönnt es de usecho, dass er nume no chönnt folge. Dertdüre chönnt er Byspiil gnue ufzelle.

Wen er scho däwäg gredt het, so het me glychwohl gwüsst, dass er meh weder nid gäng um enes Wybervolch grützt un angerhalb sturmen isch derwäge. Aber gwöhnliaa, wen er meint, itz heig er'sch zgrächtem uf em Schlitte, so läärt's ihm ungsinnet umen uus. Es ischt de albe sys Riedegg-Hüsli, won ihm d Sach verheit.

Ungereinischt aber het's en Änderig ggä mit ihm, er ischt gar nümme der glych Chrischti gsi. Vo Gspässlen u Tschiggle mit em Wybervolch het er nüüt meh wölle wüsse. Er ischt o ganz angersch derhärcho weder süsch, het all Sunndig bbartet, anstatt wi früeher all Monet, het all Wuche nes früsches Hemli aagleit u ds Haar nümme so la uber d Ohren use stah.

«Was isch de ömel o mit dir los, Chrischti?» seit d Schwang-Püüri gwungerig zuen ihm, won er scho ds zweitmal so ufpützleten i Chehr chunt. «Hescht öppe chönnen erbe oder machscht am Hüraten ume?»

«Jä, das chasch näh, wi de witt. Äs wott's so ha, u das isch si sauft derwärt, dass me da der Märe zum Oug luegt.»

«Aha, du wirsch de umen eini im Gusel ha?»

«Was im Gusel? I der Chrääze ha se scho, u därung flügt mer das Vögeli nümm dervo. We du wüsstisch, Bäbi, we du wüsstisch!»

«He nu, i ma der'sch gönne. Du hesch mi gwünd scho mängisch dduuret. Isch es e Hiesegi?»

«Bewahre! Mit dene hieume wott i nüüt meh z tüe ha. I ne frömdi Hoschtet mues me ga öpfele, we me rächti Ruschtig wott, he he he hee!»

«So so, isch es der doch itz einisch grate? Es isch däich de eini us der änere Gmein?»

«Nüüt vo däm, vil wyter, vil wyter! We du wüsstisch, Bäbi, jä ja, we du wüsstisch!» Itz het er Bäbin gnue ygstützt gha mit Gwunger. Das aber weis afe, win es dä cha lösche.

«So stell doch no chly ab! I reiche der hurti öppis Zvieri.» Mit eme Brönntsli, Chäs u Brot het's ihm d Würm gäng no chönnen us der Nase zie, u würklich, won er du afe nes Glesli het denide gha, ischt er du gsprächige worde un ischt usgrückt mit de Charti.

«Lue, das ischt eso ggange: Verwiche het my Brueder, wo dert im Länder inne nes Läheli het, wölle la touffe, i gloube, der sächst Bueb syg es gsi. Da het er du mir gschribe, gob ig ihm wett als Götti zuehestah, un ig han ihm natürlig ohni wyteres zuegseit. Begryfsch, Bäbi, öppis so nimmt men uf ds Puntenööri, u das schickte si de bim Chätzerli nüüt, öppe da wöllen us em Lätsch z schlüüffe, bsungersch de no bimene Bueb, wo söll Chrischteli touft wärde.»

«Ja, gäll, das meinten i o. Da hesch gwünd allwäg fei echly der Chifel gstellt?»

«Eh, was meinsch doch o! E nöji Halblynbchleidig het mer der Rüppischnyder müessen aamässe, der Hole-Peek es Paar Schue, u ne nöie Wulhuet het mer zuehe müesse. Weisch, das hätt i de nid angersch ta. Wen i scho nume der Riedegg-Chrischti bi, so söll si mi Brueder glych myne nüüt z schäme ha. Item, i bi abdeschine gäge däm Länder zue, u di Touffi isch losggange. Äschlismatt het glouben i das Dorf gheisse; es het dert ömel o ne reformierte Pfarrer.»

«U da het es däich du ne Gotte gha, wo der gfalle het?»

«U was für eini! Jä-hä! Nid grad uschaflig e grossi, aber schön bbruschtet u guet gchorbet, grad wi me se gärn het, u nes runds Gringli mit rote Bäckli, wi ne gryffete Bärnerrosech. Drum het mer das Wybervolch grad vo Aafang aa i d Ouge gstoche. U de hättisch sölle gseh, wi die mit däm Büebel het gwüsst umzgah, wi si ne bbüttelet un ihm gchüderlet het, wen er öppe het wöllen aafa müggele, u wi si nen em Pfarrer schicklig zum Touffe zuehegha het. Allwäg sälten eire isch ds Gottesy wöhler aagstange weder dere. Wi bhäng dass i se gschouet ha, descht meh het si mer gfalle.» Chrischti het ganz verträumte zur Tür füre gluegt.

«So so, isch das so ne wettegi? U wo chunt si de här? Allwäg no vo guetem Huus?»

«Das chönnt i itz wääger nid säge, ha wytersch o nid gfragt. I weis nume, dass si vor Jahre mit em Brueder am glychen Ort ddienet het un itz amen alte Witlig d Hushaltig macht. Aber es cha re's nid rächt bi däm. Das syg nöie grüüsli e wunderlige u ne Gythung, dass es si nüüt förmt. Drum wett si so gly wi mügli ume drusstelle.

«Das isch de grad Wasser uf dy Mühli, nid?»

«He ja, i ha mi du am Heigah, ja äbe, das Heimetli vom Brueder isch no fei echly wyt vo dert ame Hoger obe, no grad einisch zue re zuehe gmacht un aafa mit ere brichterle. Zum Ässe het is d Schwäheri uf ds Ruebett hingere Tisch gmuschteret. I ha mi zersch gwünd no chly gschoche; aber wo mer du afe di erschti Mass hei gläärt gha, ha mi du scho afe chly neher zue re gla. Si het aber nöie no nid vil wölle derglyche tue, begryfsch, das isch halt es rächts Wybervolch, u bire settige cha me nid grad so eins zwei mit der Tür i ds Huus. Aber speter isch si doch du uftouet, u wo du der eltischt Bueb ds Handhärpfli fürenimmt u nes Walzerli macht, het si mi my Tüüri zum Tanze gschrisse. U däich du nume, Bäbi, i ha fei echly guet chönne mit ere!»

«He, warum de nid? Du bisch no ke so ne Gstabi, du bischt öppe gäng no gleitige.»

«Eh, was meinsch? I ha no nid so verroschteti Gleich. U de erscht bi so eiren ume! Das git eim Salbis i d Chnöiäcke, wohl Mähl! U si het's de los, dass nüüt eso. Di het mi gschlungge, es het mi ddüecht, mir sötte grad i Himel uehe tanze. Eifacht ärdeschön isch es gsi. We numen ig o einisch derzue chäm, so ne Touffi z ha!»

«Das wirsch de wohl chönne, we d' se de einisch hesch. Du wirsch wohl du mit ere z Bode gredt ha?»

«U das han i. Weisch, i bi du mit ere hei, win es si öppe schickt für ne Götti; da ha re du di Sach vorbbrunge, u si het nid nei gseit. Si wöll ömel de no zersch cho luege, won i deheime syg; begryflig, das hätt i o so. U däich du nume, letschte Sunndig isch si da gsi!» – «Was du nid seisch! U het's ere gfalle by der?»

«He gwüss no. Aber weisch, Bäbi, i bi schön hinger das Hüsli härgfahre, won i am Frytig ihres Chärtli ubercho ha. Der ganz lieb läng Samschtig han i ufgruumt i däm Riedeggli obe, ha gwüscht u gfägt u putzt u Pfäischterschybi gglaset u Gräbel verörteret, bis es gheiteret gha het u ds ganze Hüsli isch gsunndiget gsi. Di het mer itz nid öppe o no sölle füürschüüch wärde derwäge. Nume ne Ladebode sött ere no machen i d Chuchi yhe, het si gseit. Si heig äben albeneinisch chly mit der Gsüchti z tüe, u da wär dä Lättbode nid grad chummlig für sche. O nöi Tritten i der Chällerstäge sötte sy; di alte syge murb u chönnte de mit ere la gah, meint si. Weisch, di het de scho chly Gwicht, a mym Vroneli isch de öppis. U de hätt si o no gärn es Söistelleli, dass si chönnt es Söili meschte. Ja, di versteit's, di ischt ihm druffe.»

«U das lasch ere natürlig la mache?»

«Was la mache? Sälber derhinger bin i, ha sider fasch Tag u Nacht gchrouteret u zimmeret, un itz han i's de im Greis. Jä, mys Vroni mues's schön ha by mer; das tät i nid angersch. U das het si aber o. Vo myne zwo Geisse u de Hüener hei mer Milch u Eier gnue, uf em Härdli chöi mer Härdöpfel u Gchöch pflanze, u was mer süsch no nötig hei, verdienen i mit mym Händeli. Das geit wääger scho, u si het's o ygseh. Drum wette mer itz de der anger Monet Hochzyt ha.»

«Nu, i wünsche der Glück derzue, u ds anger Jahr söllisch de o chönne touffe! So nimm no eis drufhi! Lue, i ha der ygschächt!»

«He he hee! I danke der! Vergält's Gott! He he hee!»

Es ischt im Wymonet drufahe gsi, wo Chrischti amene Frytig ufpützlete i syr Touffibchleidig uber d Syten ahe chesslet gägen em Dörfli zue; der Zivyler söll ihn u ds Vroni hütt zämegä. Scho im früehe Namittag ischt er mit ere ume zdüruuf cho, wil er fasch nid het möge gwarte, bis er sche het chönne i sys nöi grangschierte Hüsli yhe füere. Das Obsilouffe isch du scho chly minger ring ggange, wil das der guet gchorbete Chrugle grüüsli z pyschten u z pärsche ggä het. Allipott het er mit ere müesse stillstah, dass si chönn verschnuppen u ds Härz la verpopple.

«Das ischt itz ömel o rächt kurios», meint er zuere, wo si du afen äntlige der halb Wäg hei gha. «Sälbisch bim Walzeren a der Touffi han i nöie nüüt vo churzem Aate gmerkt by der, un itze plaget di dä so.»

«Ja, ds Tanze het mer nie öppis gmacht», meint si, wo si chly het verschnuppet gha. «Nume das chogen Obsilouffe schlat mer schi so heidemässig uf d Bruscht, bsungersch, wen es de so uschaflig stotzig geit wi hie. Weisch, mir hei o Höger im Länder inne; aber die si de no helig gägen öier da.»

«He, das ischt äben alls es Gwane. All Tag bruuchsch de scho nid da uehe; i mache's de scho für di.»

Zmorndrisch het du der Dörflifuermen o ihre Trossu bbrunge. E Schaft, es Trögli un es eltersch Ruebett het er uf em Wägeli obe gha.

«Aber d Houptsach hesch vergässe», lächlet Chrischti, won er das Wäse gschouet. «D Wagle fählt, Vroni, d Wagle.»

«Das miech si itz bi Gott ou no chätzigs guet, we ne Früschghüratni grad mit ere Waglen aarückti. Da wurde d Lüt schön d Nasi rümpfe.»

«Jä lue, Vroni, i säge der nume das: Itz hei mer zäme ghochzytet; aber Maa u Frou sy mer erscht rächt, we mer de einischt öppis z touffe hei. Ersch denn sy mer de zgrächtem zäme verbundhäägglet. Un i fröie mi scho itze druuf.»

So hei si du zämen aafa hüsele, un es isch gwünd rächt styf ggange. Si het fryli ds Leitseil fescht i de Fingere gha un albeneis chly rääss mit ihm gfuerwärchet, un är isch ere schön ordeli ungerdüre täselet u het ere gäng styf gchrättelet. Aber dernäbe het si ihm doch ds Hushaltigli i der Ornig gmacht u guet zur Sach gluegt.

Ds Jahr wär du ume gsi, wo ne du der Storch öppis hätt sölle bringe. Aber das isch nüüt gsi, u won er schi o im zweite Jahr nid het wölle chünte, het es du Chrischtin fei echly aagstellt. Wen er de das hätt sölle wüsse, hingäge de... Er het si fasch nümme trouet, no i Chehr z gah, wil ne das Ghelk un Uszäpfle vo de Lüte z fascht plaget het. Bsungersch d Schwang-Bäbe isch gäng rösch hinger ihm gsi u het ne nid gnue chönne helke derwäge.

«Du hesch däich ds Bett lätz gstellt», seit si du schliesslig afe, won er umen eis by ren am Chuchitisch ghocket isch u ren ume sys Leid gchlagt het. Wo se Chrischti drufhi nume so läng aaluegt, wil er nid isch nahecho, was si meint, wird si du dütliger: «He ja, das söttisch doch wüsse, dass es druf aachunt, wi ds Bett steit. Nume nid öppe d Chopfete gägen Aabe, süscht isch's lätz. Gäge Sunnenufgang mues si gseh, de chunt es guet.»

Chrischti het das Züüg gchüschtet, het aafa nahesinne un isch gly abb, ohni meh vil Wort z verliere, u Bäbi het grüüsli müesse lachen uf de Stockzähne hinger. U richtig, gob ds dritt Jahr ischt ume gsi, het er uf Befähl vo syr bessere Hälfti müesse ne Wagle zuehetue, u gly druuf isch dä jung Riedegg-Chrischteli aagstange. Rächt e tolle Büebel isch es gsi, u der alt Chrischti isch ganz us em Hüsli use cho vor Fröid u het sen aaglachet: «Gäll itze, Vroni? Itz hei mer ne! Wohl, itz bin i zfride mit der, itz chöi mer doch de touffe!»

«Ja ja, itz chöi mer de touffe; nume wird es si de no frage, wie.»

«He wie ächt, Ganggeli was de bisch! Däich, wi men öppe touft hiedüre. Natürlig hie in üsem Chilchli, bi üsem Pfarrer.»

«Un i gloube de bi öisem Pfarrer. Mir Katholische la d Ching nie angersch la touffe.» U si git ihm derzue verflüemelet e schynige Blick.

«Jä so, der Tüünerli, dihr Katholische!» Erscht itz chunt ihm ume z Sinn, dass si ja eigetlig vom angere Glouben isch u si itz unger Umstände dessitwäge no in es dumms Ghürsch yne chönnte cho. Si hei ja bis dato wäge dessi nie im gringschten öppis Ugrads gha; itzen aber chönnt's es doch de gä, we se si öppe dertdüre wett uf di Hingere stelle. Im Grund het er ja bi wyt u fern nüüt gäge di Katholische, un es wär ihm gwünd glych, so oder so. Aber dass er sy Chrischteli nid hie vo syne Gvatterlüte sött la zum Toufstei trage, das hingäge wurd ne ja verdrähje.

«Los, Vroni, du weisch ja, dass das scho langisch my Wunsch isch gsi, hie einisch chönne la z touffe, für de Lüte z zeige, dass üserein on öpper isch, un itz wottisch du mir di Fröid däwäg verherge? Gäll, das machisch du mir nid ane?» Es het ne ganz ghudlet, u d Ouge syn ihm wässerig worde. Aber si het si glych nid so hurti la us de Griffe spränge u het aafa chirme, so lang si wüssi, syg bi ihne no nie nes Ching angersch touft worde, u si müesst si ja vor ihrne Lüte schäme, wen itz grad si dertdüre tät leilougne. Itz ischt aber Chrischti on einischt zgrächtem i d Stöck cho.

«Jä nu, so mach was d' witt», rouzt er schen aa. «Aber i säge der nume sövli: We du üse Chrischteli dert witt la touffe, so chasch du sälber de o grad ume dert inne blybe. Itz däich, was d' machischt!» Dermit het er däm Gchäär der Faden abghoue un ischt use. Aber si het du nachhär bös dranne z chöie gha. Dass das Manndschi ihre däwäg chönnt in Egi ha, hätt si nie ggloubt. Solang sy zäme si, isch si sech gwanet gsi, dass si mit der Geisle chlepfi un är schön ordeli zieji, un itz chunt dä ungereinischt so, dass si ganz erchlüpft. Uf ei Wäg het es se gheglet, uf en angere Wäg het er sche doch du schier wölle duure, bsungersch wo si du gseh het, win er vo denn ewägg vom Morge bis am Aabe so nidergschlagne desumechirmt u gäng so tuusem dryluegt. Si hätt das doch nid grad so churz u puckt söllen an ihn bringe, un es wär doch vilicht gschyder, si gäbi därung einisch nah, fat si aafa naheläse; aber nume z merke gä wöll si ihm nüüt, dass si öppe d Milch itz ahegla hätt. Dä söll öppe de nid meine, dass si ihm ds Hefti us der Hang ggä heig.

So isch es e Zytlang ggange, u kees het meh öppis dervo aagfange. Erscht, won es du scho gäge Winter rückt, het er sche du afen einisch gfragt, gob di Sach itz im Blei syg mit ihrem Pfarrer dinne; me sötti doch itze dra däiche, gob es zgrächtem ywinteri. Er heig si di Sach itz uberleit, un er wöll Friderues thalber doch seie la mache.

«Un i ha mer'sch o uberleit: Touf du ne!» pücktelet si zrugg. «Ja ja, es isch mer Ärscht. Mach du nume, mynetwäge scho nechschte Sunndig oder wenn de witt!»

Er cha's no nid grad gloube, dass der Luft so zvolem chönnt umgschlage ha by re, oder gob si ne süsch nume wöll versole. Wo si aber gäng früsch nickt, es syg ere Ärscht, geit er du zue re, leit ere d Hang uf d Achslen u seit: «He nu, das fröit mi itz a der, dass d' mer das z Gfalle tuesch. Aber nid, dass d' mer de öppe chuppisch derwäge; süsch wett i de lieber nid ...»

«Ne nei», fallt si ihm i ds Wort, «i säge nüüt meh. Gang du nume drahi!»

«Nu, i däm Fall mangleti me däich de für Götti u Gotte z luege.»

«Ja, da mach du! Du chennscht ja so vil Lüt, dass der das ke Chummer mache wird.»

«Äbe weis i nume fasch gar nid, won i söll ga aahosche, dass i niemere vertöibe. I hätt zerscht ömel afen a Schwang-Bäbin ddäicht gha».

«He ja, die wird der scho zuehestah, du chasch es ja so guet mit ere.»

Scho zmornderisch namittag het er schi zwäg gmacht u der Stäcken i d Hang gno, für ga z tschämele. Er het o ds Rääf aaghäicht, wil's ne düecht, das gäb ihm so chly meh Rügge. Er isch zersch no bim Pfarrer vorby, für d Touffi aazgä. Gob's ihm passti am erschte Sunndig im Chrischt-monet, het er ne gfragt.

Es sygi denn zwar no zwo anger Touffine; aber das gangi ganz guet zäme, er wöll nen also für denn yschrybe. Gob er scho Gvatterlüt heigi.

«Äbe no nid», git ihm Chrischti chly waggelig zur Antwort. «Aber i bi grad für das uf de Füesse.»

«He nu, i wünschen ech Glück derzue! Machet nume, dass öie Chrischteli e tolli Gotte u ne brave Götti uberchunt!»

«Dank heiget'er, Herr Pfarrer!» seit er u stabet mit länge Schritte gäg em Schwang zue. Es isch no nid drü gsi, ischt er dert scho bi der Bäben i der Chuchi inne gstange. Aber di het ne schön usglachet, was är eigetlig für ne dumme Göhli sygi, so nen alti Frou wölle z tschämele. Si mögi's ja sehr wahrschynlig nid emal erläbe, dass dä Chrischteli vom Here chöm, u da wär er de schön aagschmiert. Er hätt de ke Gotte meh, wen er grad am meischten eini nötig hätt. Für das mües er jungi Lüt näh u nid settegi, wo scho mit eim Fuess im Grab syge; de syg der Büebel bis änenuus versorget. Gob er no nüüt a Rossacher-Käthelin u Hanse im Stierebärg ddäicht heigi. Das gäbti flotti Gvatterlüt, dass nüüt eso; mit dene chönnt er schi de meine, u wi liecht, wi liecht chönnt es de no grad bi dene zweine zgrächtem losgah, so wi bi ihm ja o. Chrischti het gwünd o müesse zuegä, Bäbi heig rächt. Das het ihm no einisch zuegsproche, we's ihm z Rat sy chönn, so söll er dert ga aahosche, het ihm no nes Glesli ygschäicht, u nachhär ischt er zfridnen abgschuenet gäg em Rossacher zue. Er het si alls uberleit, win er de wöll aafa u wie de yhäiche. Chly rüeme schlai bi de Lüte nöie no gäng wohl aa, aber d Nachbere ahemache mängisch no fascht wöhler. Er gloubi, er wöll's da afe mit Rüeme probiere.

Wen er scho alls guet gsatzet het im Chopf gha, so het's ihm du glych no schier wölle duttere, won er churz druuf bi däm währschafte Purehuus mit sym Haaggestäcke der ober Teil vo der Chuchistür ufgstosse het. D Püüri isch grad am Glette gsi i der Chuchi inne, u das het ihm gfalle, wil er ganz genau weis, wenn es guet isch bim Wybervolch ume u wenn nid. Nume nid öppe, we si Wösch hei oder bache; da chunt me gwöhnli nid wohl aa. Aber so zum Lismen oder Glette la se si füraa no gärn echly versuume mit Brichte.

«Bisch flyssig, Marianni?» rüeft er, won er ihm es Rüngli het zuegluegt gha.

«Aha, bisch du's? Chumm numen yhe! Me het nüüt weder z flicken u z wäschen u z glette, we me so Mannevolch het, wo gäng alls verheit u verdräcket.»

«Begryflig git das z tüe, bsungerbar de no, we men alls so suber u gschläcket ha wott wi du. I ha's doch fei mängisch für mi sälber ddäicht, da chönnt me louffe, so wyt me wett, e settigi Ornig wi im Rossacher fingt me zäntume niene. U mit em Wöschzüüg versteisch es o. Stungewyt züntet albe das Lynige, we d's am Seil hesch.»

«He ja, es isch nöie nüüt Leidersch, weder so schittersch, halbwysses Züüg ufzhäiche.»

«Äbe gäll? Me seit ja nid vergäbe: Me gseht's am Hemli un am Bett, was e Maa erwybet het! – U de dy Garte! Das Gmües u di Blueme! U de gäng wi us eme Truckli use, nie kes Gjätteli u kes Steineli! I chönnt wääger nie verby, ohni stillzha u z luege.» – «Das ischt ja wytersch nüüt angersch. Z luege git's scho, we me nid e Souerei wott drinne ha.»

«Wi hesch es de mit dyne Hüenere? Lege si öppen o so schlächtli?»

«O, i cha dertdüre nienehalb öppe grad chlage. I ha itz gwünd gäng no all Tag es Dotze chönnen usnäh.»

«Äbe het mi vori ddüecht, di Hüener heige no allizäme so chydegi Gringli. Wi chunt das ächt ömel o? We wyt u breit nüüt meh umen isch, du uberchunsch gäng no Eier. Hättischt im Fall grad öppis Fürigs?»

«Was zalscht itz afe derfür? Si wärde wohl itz afen ordeli gälte, we si so rar wärde.»

«He, füfzähe Batze für ds Dotze, ja, wohlverstange, nume wil's di isch.»

«I will ga luege, was i heig.» Si wadlet i ds Chuchistübli hingeren u chunt mit eme Chörbli voll zrugg.

«So, da wäre sächzgi, alls schön früschi. We me so zwänzgi vo dene i ne Züpfen yhe tät, so uberchäm si Chuscht.»

«U wen es grad i ne Chingbettizüpfe wär, he he hee! … Äbe, ja eh … du weisch doch, dass i Juget ha? Itz wett i de öppa la touffe, wenn i eh … Äbe, hätt i wölle cho frage …» Si lat ne nid la fertig rede.

«E du Herjeses abenangere! Ds Gaffiwasser ploderet scho lang! Da cha me ga tampe u si derby vergässe.» Si springt zum Füürwärch u schüttet ds Wasser i Hafen ab. Chrischtin isch es nid meh grad am baaschte. Dass er so gnue müesst tue, bis er'sch dusse het, hätt er nie ddäicht. U doch het er so guet aagfange. Drum nimmt er ds Härz i beid Häng u geit ume früsch druflos.

«Eh, los no, Marianni! Ischt ächt vilicht ds Käthli umewäg?» Me gseht, wi si drufhi zämeschiesst u wi's ere verhet, für gleitig druuf chönnen Antwort z gä.

«Im Momänt grad nid. Es ischt i der Letschti äbe nid rächt im Strumpf, u da han i's du hütt afe zum Dokter gschickt.»

«So so, aber süsch het es ömel albe no guet usgseh… Aber, was i nöie no hätt wölle frage: Chäm's mer ächt cho zuehestah? I wett äbe der erscht Sunndig im Chrischtmonet der Büebel la touffe, u will i wytersch süscht o niemere ha, so han i ddäicht, i wett ihns cho frage.»

«Das preicht si itz gar cheibe dumm», chychet si, u ds Bluet schiesst ere gääi i Hübel uehe. «Wi gseit, es ischt eifach i der letschte Zyt gäng echly fälber, u wen es de chly besser gieng, so wett es de für nes paar Wuche furt, i gloube ga Lausanne yhe zu dene Lüte, won es by nen i der Stell isch gsi für Wältsch z lehre. Es tuet mer gwünd leid für di, das si das so het müesse träffe, u ds Meitschi wär allwäg grüüsli gärn cho; aber itz isch es nun emal eso. Aber wart, i gibe der no nes paar Eier drubery, dass d' nid ganz zläärem von is müessisch.»

Si reicht no nes Halbdotzen ufe u tuet ihm sen in ds Chischtli. Er danket mutz, seit adie u geit zur Türen uus. Won er aber vor em Huus düre chunt, gseht er, win öpper vom Umhängli dänne schiesst, u wen er schi nid irrt, so isch es das chranknige Kätheli, wo bim Dokter sött sy.

«So so», brummlet er vor sech ane, «da hättischt afe für d Schnousegi. Un i ha so aagwängt u sen errüemt bis i ds Obergaden uehe... He nu, so lehrt me d Lüt chenne; gottlob git es de no angeri. E Gotte mues i ha, u we se z Paris müesst ga reiche.»

Er ziet früsch umen uus u stüüret gäg em Nydlebode zue. So win er di Lüt chennt, cha's ihm dert nid fähle. Nume däicht er, wil ds Rüeme nüüt gnützt heig, so wöll er itz da di angere Seiten ufzie.

D Püüri het grad bim Brunne Härdöpfel gwäsche, won er zum Huus zuehe chunt. Er het ere d Zyt gwünscht u nachhär uf äi Wäg aagfange.

«So so, du wäschischt ömel d Härdöpfel de no, gob sen ubertuesch. Weisch, es git ere drum, wo se samt em Dräck i Hafe gheie un uberhoupt im Urat fascht erworge. Begryfsch, üsereine, wo so desume chunt, chönnt dertdüre nes Liedli singe.» U dudernah fat er aafa uspacke, was är alls gsehj un erläbi uf syne Chehre, wi das bi disnen un äine zuegang, dass es em Tüüfel drab gruusi, u wi si sech glücklig schetze chönne, dass bi ihne alls so schön zäme hotti u si nüüt vo öppisem so wüssi. So het er uspriechteret, u di Marei het grüüsli wohl dranne gläbt, dass si ganz i nes Fieber yhe cho ischt un ihri Bäckli fei hei aafa lüüchte. Won er du het aafa luemen i sym Brichte, het si du no an ihm gchääret, er söll doch no chly i d Stuben yhe cho wyter erzelle, ds Grosmüeti ghöri o gärn öppis so. Chrischte aber däicht, er wöll der Chueche no da usse fertig bache, solang der Ofe warme syg. Da müesst itz alle Dreiax nüüt nütze, we's ihm da nid längi für ne Chutte. Drum geit er itz grad rösch druflos.

«Eh, dass i's nid vergisse: Ischt ächtert öiersch Mädeli der erscht Chrischtmonetsunndig deheime?»

«So vil i weiss... Ja, was hättisch mit ihm?»

«He los, es ischt eso: I wett denn my Bueb la touffe, u da hätt i Mädelin wölle...» Wyter het er nid möge bcho; d Marei ischt ihm scho drinne gsi.

«Ja, da bruuchsch de wääger nümme wyter Wort z verliere. A Mädelin chascht unger kenen Umstände däiche. Das isch no vil z jung u z schüüch. Eh, myn Kraft doch o, was wurd das chönne, we das Meitschi vor allne Lüte mit eme Ching zum Toufstei sött! Das chäm nid guet use, ja, das sturb vor Angscht u Schüüchi. Drum bisch de baas, du gangisch zu eltere u nid so zu settigne junge Ganggeline ga frage. Vilicht de speter einischt, öppe so i zweine, drüne Jahre, da wett i de nüüt gseit ha. Aber itz mues i bim Chätzerli yhe ga d Härdöpfel ubertue, süsch git das de nes späts Znacht hinecht. Zürn mer nüüt u chumm de gly meh!»

Si lamelet mit em Härdöpfelchörbli i d Chuchi yhe u lat dä abghärdet Chrischti vertatteret dusse la stah. Dä mues nume in eimfurt der Chopf schüttlen u für ihn sälber worte: «So, itz hättisch de afen Abchabis gnue. Aber i gibe's no nid uuf. Für ne Götti z ubercho, geit es de scho ringer; so isch de ds Mannevolch hingäge nid, u Hans im Stierebärg cha nid absäge.»

Dert ischt er du mit angerem Gschütz ufgfahren u het vorbbrunge, er heig verno, si wetti der grösser Muni drustue, un itz wüsst nen är e guete Chöiffer, wo grad juschtemänt es settigs Tier suechi u ne guete Prys tät zale derfür. Mit däm Bricht wär er ganz wohl aacho; aber won er du uf ds Göttitroom uberegrütscht isch, het du der Luft us emen angere Löchli pfiffe.

Uschickliger hätt er'sch ömel nie chönne preiche mit däm Touffe, fat dä wohlgmeint Stierebärg-Hans aafa druflos chlööne. A däm Sunndig heige si grad Rytverein, un är als Presi dörfi da natürlig nid fähle, am angere syg Gnosseschaftsversammlig, no am angere Schützevorstandssitzig, u so syg är bis zum Nöijahr scho an allne Sunndige bsetzt. Er wär ihm wi gärn zuehegstange. Das syg ja nen Ehr, so amen erschte Bueb Götti z sy; aber itz syg's halt eso. Er wärd scho nen angere finge; da syge ja Hüüffe, wo das gärn machi. Wen es de aber im Fall öppis us däm Munihandel gäb, so wöll er de o an ihn däiche.

Mit däm Troscht isch Chrischte massleidig bim Vernachte uf sym Riedeggli oben aacho. Won ne d Vrone fragt, was er itz usgrichtet heig, het er sche nume so tuusem aagluegt, het ds Rääf abgstellt, ischt i d Stuben yhe zur Wagle ga a Bode chnöile u het sy Chrischteli gstrychlet: «Arme Tropf du! Uberchunsch ke Götti u ke Gotte. Bischt äbe nume vo üs.» Es het ihm gwünd schier wölle ds Ougewasser füredrücke. Aber da chunt si cho yhezchlepfen u schnaulet nen aa: «Gsehscht itze, was du für Lüt hesch, wi ring das Tschämele geit? Itz chasch ga touffen u Fröid ha.» Dermit rieschteret si umen use u schlat d Türe zue. Einesteils het es se gergeret, angersyts het si's ihm möge gönne.

Chrischti het si sälb Nacht zwyligen im Bett müesse drähje; di Sach het ihm ke Rue gla. Won er aber am angere Morgen ufgstangen isch, het's ihm fei echly ume gliechtet gha; me het ihm aagmerkt, dass er öppis verwärchet het.

«Los, Vroni», seit er bim z Morgenässe, «i ha mer'sch di Nacht uberleit. Mir touffe de a däm Sunndig glych.»

«Was? Ohni Götti u Gotte? Nu, so touf du mynetwäge!»

«He, mir mache's so, wi scho vil anger Lüt; mir stah eifach sälber zuehe.» Si het si fryli grüüsli uf di Hingere gstellt u gwäffelet, da mach si de hingäge nid mit, das wär ja uber ds Bohnelied u si müesst si ja schäme vor ihrne Lüt. Är aber het wyter nümm vil gseit; er däicht, es heig no Zyt, u vilicht wärd si o därung murbi.

Derwyle het es so rächt aafa wintere. Es het Hüüffe Schnee ahegheit, u druuf isch d Byse drygfahre u het alls verwähjt. Uf em Riedeggli obe het es Wächtine gha, dass me chuum no vo Huus chönne het. Aber am Morge vom erschte Chrischtmonetsunndig het si Chrischti glych zum Touffe zwäggmacht. D Vrone het lang chönne spängele, dass itz das ömel mües düregstieret sy, we me doch gsehj, dass me fasch nid ahe chöm. Das chönnt me doch gwüss uf enen angere Sunndig verschiebe. Chrischti het nüüt wölle ghöre.

«I ha's aaggä bim Pfarrer, u da git es nüüt meh vo Hingertsidruus. Hütt wird üse Chrischteli touft u wen es Chatze hagleti. U du chunsch mit, Frou! Du hesch sälbisch mys Bruedersch Chrischteli zur Touffi treit, itz treisch o üse! Das bisch du ihm schuldig, u dir steit es ja so wohl aa.» Wo si gseht, dass es da nüüt meh z märte git, het se si doch du dry ergä u si süüferli aafa zwägmache. Derwyle het Chrischti es subersch Chischtli zwäggmacht, het ungerdry Strou u Spröier ta, druuf ds Bettli mit em warm ytoggelete Bueb gleit, het das Wäsen uf sys Rääf bbunge, der läng Stäcken i d Hang gno, u so sy si zämen abb.

113

Es het zwar öppis chönne, bis si dunger gsi sy. D Vrone isch mängischt i Schnee yhe gheit, dass albe fascht nüüt meh voren usegluegt het weder ihre rote Chürbs. Das het de Chrischtin albe fei echly z pyschte ggä, bis er schen ume dusse un umen uf de Füesse gha het. Er isch si du fasch gröjig gsi, dass er sche nid grad samt em Chischtli on uf ds Rääf gno het. Schliesslig sy si doch du ahe cho, hei im Bäre das Wäsen abpaschtet u sy no z rächter Zyt i ds Pfarrhuus cho, für mit em Pfarrer chönnen i d Chilche z gah.

Na der Touffi u der Predig isch men ume i Bären öppis Wärmends ga ha. Di Lüt vo de zwo angere Touffine sy o cho. Me het d Ching mit de Bettli i der innere Stuben ufe warmen Ofe gleit. Chrischti isch der erscht gsi, wo umen ufbbrochen isch. Gly ischt er fix u fertig mit sym Rääf unger der Tür gstange, het sym Vroni zum Cho gwunke, u nachhär sy si ume zäme zdüruuf. Ds Uehegah isch du scho vil besser ggange, u so isch men um d Mittagszyt umen uf em Eggli obe gsi. Won er i der Stuben inne das Näschtli ume het abgstellt gha, het er fei echly ufgschnuufet: «Gott Lob u Dank isch das verby!» Er geit i d Chuchi use, für us den Überstrümpfe z schlüüffen un anger Schue aazlege. Aber chuum ischt er dusse, ghört er i der Stuben inne ne schröcklige Brüel. Er springt umen yhe u gseht uf em Vorstuel sy Frou hocke, bleich wi nes Äschetuech, u voren uf em Tisch zablet der Töifling.

«Was Grüüseligs het's dir ömel ggä, dass du so brüelisch?»

«He lue da!» seit si, düttet uf das Ching u fat aa gränne, u won är neher luegt, het's ihn gwüss o fasch vor Chlupf uberschlage. Het är nid im Bäre nide nes lätzes Ching ypackt u derzue de no nes Meitli! Wi ne Verbotstuud ischt er dagstangen u het das Wäseli aagstieret.

«Un itze, was söll da gah?» schnäderet si uf ihn los.

«He was ächt weder'sch umen ufpaschten un ume abb dermit? Es isch mer zwar verflüemelet zwider.»

«Gscheht der rächt? Hättisch mira besser gluegt! Da hescht itz für dys Touffe!»

Im Bäre nide hei si es schröckligs Gheie gha wäge der Verwächslig, u der Vatter vo däm Meitli het nid gnue chönne bouele un uspoleete, was är eigetlig für ne dumme Esel syg, da ihres Ching ga i das Fotzelchischtli z packe. Chrischti het si grüüsli ungerzoge, win ihm das leid tüei, un es syg de däm Meiteli nüüt gscheh, si heige Sorg gha zuen ihm. Am Änd hei si sälber no bal müesse lachen u hei ne no zumene Glas Wy yglade.

Tuuchen u todmüeden ischt er im Namittag innen ume doben aacho. Syni gschouet ne vo zungerscht bis zoberscht u meint: «Un itze, hescht ächt itz Touffis gnue?»

«U das han i!» macht er, schiesst i ds inner Stübli yhe u stellt ds Näscht ume, win er'sch zur ledige Zyt gha het, dass d Chopfete ume gägen Aabe u d Fuessete gäge Sunnenufgang luegt.

D Frou Chilchgmeindrat

D Frou Chilchgmeindrat

Me sött süscht eigetlig meine, di verschidene Suchte, wo di Lüt zu Stadt u Land so grüüsli tribeliere, chäme ender meh bim Mannevolch weder bim Wybervolch vor. We men aber da chly besser i ds grosse Zyt yhe luegt, so cha me gwahre, dass es i der Beziehig uf der Waag uf beidne Syte ungfähr mit glycher Schweri gygampfet. D Gaffeesucht bim alte Müeti isch äbeso bös z bodige wi d Tubäklisucht vo Drättin, d Chlappersucht bi der Husierergrit wi d Jagdsucht bim Bärewirt, u wen öppe so nes jungs Schumeischterfroueli vom Morge bis am Aabe gäng nume mit Stoublumpen u Fäghudle i de Stubi ume bysluftet, so isch das äbeso ne ugmüetlegi Sucht, wi wen ihres Manndli meint, er mües bi jeder Glägeheit es paar passendi Wort a di wärte Aawäsende richte.

Dass aber no so nes eltersch Puremüeti vo der Ehr- u Ämtlisucht so schröckli chönnt tryschaagget wärde, het vor Jahre ds Hohrüti-Lisi bewise.

Hohrüti-Reses hei ja fryli gäng echly gnue müesse tue uf ihrem Vierchueliheimetli obe, öppe wi angeri settegi Chlynpüürleni o. Aber si wären ömel fürcho u gwüss rächt wohl derby gsi, we Lisi nid gäng hätt Verglychen aagstellt mit derige, wo chly meh ggulte hei weder sii, wo zähe Chüe u zwöi Ross im Stall, der grösser Mischthuuffe u di schöneri Ründi an ihrem Huus gha hei un am Sunndig mit eme schöne Breggli oder mit eme Schesli chönnen usfahre. U da hätt ihns bi dene Verglyche gwüss mängisch der Verleider z Bode gchruttet, we's de nid gäng ei Gedanke im Sänkel gha hätt: «We Vetter Hans de einisch stirbt u mer de chöi erbe, so wei mer de aahäiche, was bi üs bis dato z churz isch gsi; da wei mer de o nes paar Seigel höher uehe.»

U da isch es du losggange bi Lisin, wo Vetter Hans du äntlige im Härd isch gsi. Was a Land isch feil gsi i der Nehi vo der Hohrüti, het müesse gchouft sy, un es het nid lugg gla, bis bi ihnen o nes Dotze Chüegringe zu de Barelöcher uus gluegt un acht Rossysen uf der Bsetzi füürgschlage hei. Ds Huus het müessen aagstriche wärde, win em Gmeindspresidänt sys; ds Dach mit glänzigem Eternit ddeckt wi das vom Grossrat Stettler, der Mischthuuffe schön züpflet wi dä vo Gärbersch z Göttiwyl, u wo Amtsrichters es nöis Breggli hei zueheta, het ne der Wagner exakt es glychligs müesse mache.

Bi Notars im Dorf nide het Lisi ei Rung so nes schöns Zimmer gseh mit Polschterstüele, moderne Möbel u Teppiche. Da het ihri hingeri Stuben o angersch müessen ygrichtet wärde: Das schöne Chirschboumbuffert mit de chlyne Schybline, däm Bänkli mit bluemete Chacheli u Täller, Gleser u Massgütter, dä brav Eichetisch mit buechige Staballe het müesse verhütz sy, u frömdi Fabriggeruschtig u glaaregi Guldrahmebilder hei itz us ihrer währschafte Purestube ne schitteri, abgschmackti Allerwältsfirlifanzstube gmacht, u wo früeher es heimeligs Länderzyt d Stungi gschnuusset het, isch itz e Regulator mit em Rychsadler druffe ghanget. Wo Res du afe gnue het gha vo däm Züüg, het er einisch gmeint, ihn düech's es tät's itz de afe; er sygi gar nümme deheime, sit di alti Ruschtig furt u das frömde Züüg da syg. Aber da het ihm Lisi schön heizüntet:

«Das versteisch du äbe nid; dä alt Gräbu ischt öppen afe lang gnue dagstange u het minger weder nüüt vorgstellt, dass me chuum e rächte Möntsch het dörfen i d Stube heisse. Me mues d Fahnen öppe gäng echly nam Luft drähje u nid mache, dass es gäng nume heisst, die vo der Hohrüti syge hundert Stung hinger em Mond un altvätterischer weder zu Urgrosvatters Zyte. Mir hei d Chöpf itz afe lang gnue uf den Achsle treit, itz dörfe mer d Häls sauft afe no chly strecke.»

«Ja äbe, das boghälselige Tue ischt eifach nie my Sach gsi.»

«Isch das boghälselig ta, we me's öppen einischt het wi di angere? Aber äbe, du hesch es gäng glych: Gäng ungerdüre puggle, gäng nume chlyochtig tue, we me's scho hätt, gäng hingere stah u di angere la füredrücke. Lueg einisch di angeren aa in üser Währig! Die la si zuehe u luegen öppis z wärde i der Gmein inne. Gwüss fascht e niedere isch beamtet oder komidiert gsi, u nume du bisch gäng am lääre Bare gstange. Aber itz wird angersch z'achergfahren uf Hohrüti obe, u we du nid i d Geize witt, so stahn i dry.»

«He ja, i ha gäng ddäicht, die sölle's mache, wo Fröid dranne hei, u dere git es öppe gnue. I für mi bi der Ansicht, mi söll zerscht deheime luege, gob me d Nase wott i di grossi Tischdrucken yhe stecke, u das isch nöime gäng no besser gsi.»

«Aber guslet's di de nid, we angeri a der Chäsereiversammlig am Vorstandstisch plättere, a de helige Sunndige der Nachtmahlbächer recke, a den Exame de Schuelpurschte der Flyssbatze gä oder ga Bärn yhe chöi ga i d Grossratsstüel pfluuschte? Lue, das bringt Aasähe un Achtig, wen eine öppis Beamtet's isch, u de muesch nid vergässe, Hans, üse Bueb chönnt öppe de einischt o i nes besserch Huus yne wybe, wen es hiess, er ischt eine vo Gmeindrats oder Amtsrichtersch oder zätera.»

Das alls het Rese weder gchutzelet no gguslet, derfür aber Lisin bilängerschi meh. Won es einischt im Schwang nide Anna-Bäbin vomene frömde Husierer mit «Frou Gmeindrat» het ghöre tituliere, da isch es ganz heiss dür ihns gfahre. «Frou Gmeindrat!» Das het in ihm tönt schöner weder ihres Chilcheglütt zum Prediglütte, un äs hätt's de gwüss nahdisch o verdienet. Itz mües doch gluegt sy, u wen är nüüt dergäge tue wöll, so mües halt äs i d Hose. Res het von itz aa i ne niederi Gmeinds-, Chilchgmeinds- oder Gnosseschaftsversammlig müesse, un äs het gäng vorhär d Traktande mit ihm düregno un ihm darta, won er söll ds Wort verlange, was er söll säge u gob er de ja oder nei söll stimme. Gwöhnliaa ischt er de albe mit em Bricht heicho, er heig du glych gschwige, wil du angeri grad pretzys das gseit heige, won är sölle hätt, un öppis angersch hätt er nümme chönne zwägchorbe. De isch de albe Lisi früsch umen i Jääs cho u het ihm d Levite gläse, dass es ganz Schweisströpf ggä het a der Tili obe; är syg doch der gröscht Traliwatsch, won es uf der Wält obe gäb. We men ihm scho alls gchüechlet u bbrate zuehegäb un ihm's no vorchöji erger weder amene Ching, so trag es nüüt ab. An ihm syg doch Hopfen u Malz verlore, un är syg nüüt u wärd's o nie zu öppis bringe.

Glychwohl het es aber d Flinte no nid i ds Chorn gworfe, u wo du glydruuf e nöie Chilchgmeindrat het sölle gwählt wärde, da isch es du mit aller Chraft i d Speiche gläge, für därung der Wagen an ihre Schärme z bringe. Halbtagelang isch es desumegfahre, het hie mit ere Magewurscht oder mit eme Züpfli ufgwartet, dert de Lüte d Sach grüemt, dass es fei eso gschmürzt het, aber an allnen Orte schliesslig ds Gspräch uf dä nöi Chilchgmeindratskandidat gluegt z reise u de alben aafa loszie uber dä Pinte-Liebu: Es hätt doch gwüss de nahdisch afe ke Gattig, we de so eine no i Chilchgmeindrat chäm, so eine, wo nüüt chönn, weder ds Mannevolch verfüere, dass si halb Tage u ganz Nächt blybe hocke u jasse, bis men ihri Gältsecklen albe chönnt usdrähje. Bim Pfarrer het es de erscht no rächt aagwängt u nes Gheie gha, wi das ömel afe gang hürmehi, wi ds Mannevolch nume no Sinn u Geischt heig für im Wirtshuus z hocken u z spile. Das gang afe bal, es syg nümme derby z sy. Er wärdi's wohl o scho gmerkt ha, dass men a de gwöhnlige Sunndige chuum meh nes Hosebei i der Chilche gsehj. Un ersch de no, wen öppe so eine i Chilchgmeindrat chäm wi der Liebu i der Pinte, e settige Spiilhung. Eh, herjemersch abenangere, das chäm nid guet use, u da sött me doch der Märe zum Oug luege, gob es z spät syg. Dertdüre mües es de ihre Res doch rüeme; dä rüeri chuum einisch e Charten aa u frag uberhoupt däm Züüg nüüt dernah. Er söll de nume a däm Wahlsunndig i der Predig di Spiilsucht uf ds Tapeet näh u dene Manne echly i ds Gwüsse rede; es heig's wääger afe nötig.

Der Pfarrer het ihm schön abglost, echly glächlet uf de Stockzähne hinger u gseit: «He, me cha de luege; aber grad eso bös steit es de doch no nid mit däm Spiiltüüfeli i der Gmein inne. We scho der eint oder der ander vo dene Manne hie u da amene Samschtigzaabe oder amene Sunndignamittag es Jässli macht, so isch das nüüt sövli Grüüsligs. Es isch ne doch o hie u da nes Fröideli z gönne, un es isch gschyder, si mache das, weder öppe süsch öppis Dumms. Mir wei de luege; es wird scho gah, win es söll.»

Wo Lisi ischt heicho, het es Rese grad rösch umen i d Hüpple gno: «So, itz söll es de länge für ne Chutte, süsch weis i de afe nüüt meh.»

«Ja, was hescht ächt aber aateigget?» fragt Res ganz erchlüpfte.

«He, was ächt? I Chilchgmeindrat muesch mer du itze. Ds Wupp ischt itz guet yzettet, itz bis mer ds Hergets u verhürsch mer'sch öppen ume.»

«Los, Lisi, i hätt das itz lieber la sy; das wär mer grad verflüemeret zwider. Nume nüüt Erzwängts, un i möcht i der Wösch, wo du uber hesch, lieber ekes Hemli ha.»

Aber da het er Lisin ufe giechtigscht Zehje trappet: Er söll si züpfe, u si da öppe wölle drusdrähje. Es heig derfür gsorget, dass er vorgschlage wärd, u wen es im Asni scho chly glääret heig, so syg si das de sauft derwärt. Di Sach mües itz einisch dertdüre gah, won äs wöll.

Res het si dry ergä, wil er gwüsst het, dass es da nüüt hingerzha git, we Lisi einisch ds Leitseili i de Fingere het u mit der Geisle chlepft. Da heisst es zie, wottsch oder wottsch nid.

Am angere Sunndig, es isch zwüsche Höiet un Ärn gsi, isch di Gschicht du losggange. Scho vor Tagheiteri isch d Hohrütipüüri us de Fädere, het o Rese ufgmuschteret, Hanse un em Chnächt mit em Ellstäcken a d Tili gchnütschet, dass es se fei eso us em Bett gsprängt het, u mit der Jumpfere bbouelet, dass si nid scho gfüüret heig, we si doch wüss, dass hütt alls z Predig wöll.

Hans het fryli ufbegährt, was me eim da so früe ufzspränge heig amene Sunndig am Morge. Äxtra heige si nächti ggraset, dass me einisch echly länger chönnt lige, u z Predig hätt men ömel gäng no möge gcho, we me scho no nes Stüngli lenger wär blybe lige.

Müeti aber het angeri Seiten ufzoge: Das mües itz einisch ändere bi ihne. Das Am-Samschtigzaabe-Desumefahre mües ihm itz ufhöre, un am Sunndig toli äs ke Uspfuuserei meh. Da wärd fürderhi bezyten ufgstange, dass men öppe z Predig chönn. Hütt wärdi grad aagfange, u si sölle si nume zuekünftig drufhi rangschiere.

Nach em Zmorge het es em Chnächt befole, ds Breggwägeli schön z putze u z salbe, u Hans het müessen am Dragunerross ume striglen u bürschte, bis me si fei so drinne gseh het. Äs sälber ischt im Huus ume gsuuret wi ne touben Ummuchünig, het bal us däm Trog öppis füregschrissen u's ume dännegheit, us däm Schaft öppis usegno u's ume yheghäicht, isch vo der Stuben i ds Gaden uehe u vom Gaden i Spycher ubere griteschteret u het nie meh gwüsst, was es eigetlig wölle het. Es het fei echly öppis gchoschtet, bis es di schönschte Hemli u d Sunndigchleider vom Mannevolch u sy sydegi Tschööplitracht het zwäggleit gha ... Won es ömel im Gaden oben o i Hanses Schaft ume nuuschet, fingt es dert es Chartespiil. – «So so» seit es, won es das i de Fingeren ume drähjt, «da het me's. Itz weis i, was dä trybt a de Samschtigzaabene. I de Hüser ume spile tuet er u vilicht no Schnaps suuffe, dä Uflat; drum weis me nie, won er isch. Aber däm Pürschteli will i das verleide, bsungerbar itz de no, we Drätti öppen im Chilchgmeindrat inne isch.»

Es het zersch dra ddäicht, das Wäsen i d Chuchi ahe ga i ds Füür z gheie. Aber da chunt ihm du no grad z Sinn, es mües das dännetue für ne Bewys z ha, wen es de derwäge Hanse wöll d Zäche läse. Drum geit es dermit i d Stuben ahe, nimmt dert eine vo Drättis gfarbete Naselümpen us em Schaft use, lyret's schön dry u tuet's zhingerscht i nen Eggen yhe. Es het's grüüsli gfröit, dass es das verwütscht het u Hansen ischt uber syner Schliche cho.

Itz wär me du äntlige zwäg gsi für furt; ds Fuerwärch ischt vor em Huus gstange, u Hans u Drätti sy scho gsunndiget druffe ghocket.

«Los, Lisi, du söttisch gwünd itz de öppe cho», rüeft Res nach eme Rung afe chly ungeduldigen i d Chuchi yhe.

«I chume; i wott nume no gschwing der Späck uf d Bohni tue», git es zrugg, ischt aber gäng früsch ume desume gröndlet, das no wölle mache u's lätz aaggattiget, äis no vergässe un ume zrugg ga sueche u de nümme gwüsst was, ja, es isch zvolem vo Sinn u Geischt gsi. Won es du afen äntlige wär bim Wägeli usse gsi u me gmeint het, itz chönn es losgah, het es früsch umen öppis gha.

«Hesch du de en ordlige Naselumpe, Res?» fragt es, won es du afe hätt wöllen ufstyge.

«He ja, dä wird's wohl tue», git dä zrugg u ziet so nes verwäschnigs Tüechli füre.

«Los, mit däm chunsch mer de afe nid; me müesst si ja schäme.» Es springt umen yhe u chunt mit eme grosse, schön gfarbete Naselumpe zrugg.

«So, das isch öppis angersch weder das Hüdeli, wo de hesch. Du bruuchsch mer de dä, we de d Nase muesch schnütze. So, un itz chönnte mer fahre.»

D Lüt hei fei echly d Nasi ufgha, wo das Hohrüti-Fuerwärch so flott u schneidig isch cho derhärzrössle. U Lisi het si gmeint voruffe, nach allne Hüser der Chopf ddrähjt u gluegt, gob öpper uselueg, un alli Lüt früntlig ggrüesst u ne zueglächlet. «Ja ja, lueget nume, ihr Lüt! Am Heigah hocket de da ne Frou Chilchgmeindrat uf em Wägeli.» Das ischt uf der ganze Fahrt sy Gedanke gsi, u das het ihm ds Bluet i d Sätz bbrunge, dass's es Gringli gha het wi nes jungs Leghüendli.

D Chilche isch scho bis hingeruus bsetzt gsi, wo di Hohrütilüt düre Houptygang sy. Bsungerbar vil Mannevolch het es därung gha, wil äbe na der Predig het sölle ne Chilchgmeindsversammlig stattfinge, für ne nöie Chilchgmeindrat z wähle. Res het, win er schi süscht o isch gwanet gsi, uf d Portlouben uehe wölle; aber Lisi het nen ungeryhe gmuschteret.

«Lue, dert zvorderscht isch no Platz, dert vor der Chanzle zuehe! Gaht zäme dert füre!»

Es isch Rese verflüemelet nid im Gürbi gsi, da de Lüte so vor d Nasi z hocke, aber was het er wölle? Itz het er nümmen us em Lätsch chönne. Lisi het si o ire vordere Reie vo der Frouesyte gluegt yhezdrücke. Won es zum erschte Psalm ggangen isch, reckt es i sys sametige Handseckli u wott ds Psalmebuech fürenäh; aber was chunt da nid zum Vorschyn? Ziet es nid der Bitz Späck use, won es hätt wöllen uf d Bohne tue. Das isch so in ihns gschosse, dass es güggurots worden isch. Gschwing gschwing het es das Wäsen umen ypackt; aber em Pfupfen aa linggs u rächts näb ihm het es chönne schliesse, dass's di Nehere äbe hei i de Nase gha. Eh, wi het si das Lisi gschämt!

«We si's nume der Gottswille nid öppe gange ga wyterbrichte! Das wurd es schöns Gred gä; i dörft mi doch niene meh zeige. Wi het itz ömel o das chönne gah? Han i ächt i myr Stürmi inne öppe de no ds Psalmebuech uberta? Öppe hoffetlig nid!»

Während der ganze Predig het es a di Schmier müesse däiche, chuum es Wort ghört, was der Pfarrer gredt het, gäng gluegt, gob d Lüt nid öppe nan ihm halsen u's aaluege oder zäme chüschele, u gob win es das Sametseckli zwüsche de Chnöie zämechlemmt, gäng het's es ddüecht, dä cheibe Souspäck luegi amen Ort füre.

«We der Pfarrer nume bal fertig miech, dass ig us däm Züüg use chönnt! Aber grad juschtemänt hütt mues er so lang mache u cha der Rank nid finge, für abzhoue. He nu, es ischt ömel no gschyder, das syg mir passiert u nid öppe Rese dert vor. We si nume dä guet stellt u nid no öppis Hagus dummet! Süsch wär es de verchachlet mit em Chilchgmeindrat.»

So het es in ihm gwortet fascht währet der ganze Predig. Gäng probiert es zwüsche de Chöpfe düre zu Rese füre z öigle u cha nen äntligen erwütsche. Aber du myni Güeti! Was mues äs gseh! Ygschlaaffen isch er, dä chätzigs Möff, heltet der Hübel näbenahe u het e grosse Tropf a der Nase. Wen es nume der Gottswille Hanse chönnt z merke tue, dass er ne weckti! Aber dä stuunet ganz gmüetlig vor sech ane u merkt nüüt vo der ganze Schmier. Der Pfarrer het grad mit däm Spruch «Selig, die da schwachen Geistes sind, denn ihnen gibt's der Herr im Schlaf» Schluss mit syr Predig gmacht. Itz erscht gwahret Hans, win es mit Drättin steit, un er git ihm gschwing e Zwick mit em Ellboge. Dä schnellt natürlig zwäg, u Hans chüschelet ihm i ds Ohr: «D Nase putze, Drätti!» Res nuuschet dä schön gfarbet Lumpe, won ihm Lisi bim Furtfahre no äxtra bbrunge het, füre, wott nen ufmache, u ... was passiert ihm da! Flädere da nid sächsedryssig fascht nöi Spiilcharte us däm Lumpen usen a Boden ahe! Eh du allmächtige Strousack, wi het dä arm Res das Wäsen aagluegt! Ganz füürig heiss u de umen yschigchalt isch es ihm düre Rügge uuf gfahre, un es het ne ddüecht, wen er nume grad chönnt düre Boden ab schlüüffe. Mit eme hilflose Blick luegt er zu Hansen ubere, gseht aber nume, wi dä fascht mues d Muuläschpen abbysse, für nid grediuse z lache. Itz probiert er mit de Schuene di Charte ungere Bauch ungere z chraue. Aber myn Gott doch o! Nid es Halbdotze chan er ungere bringe, u derzue hätt es sowiso nüüt meh gnützt, di meischte Lüt hei's scho gseh gha. Das het aafa pfupfen u hüeschtlen u schnützen un ellböglen i dene Reien inne, u der Pfarrer sälber het si hinger d Chanzlen ahe gla u dert lang un umständlig d Nase gschnützt. Wi uf füürige Cholen isch Lisi mit ihrem Sametseckli i der Froue-Reien inne ghocket, ischt aber nid nahecho, was eigetlig passiert isch. Dass alls zu Rese füre halset, het es gseh, aber nid, was dä Gstabi aagreiset het. Es ischt en Erlösig gsi für ihns, wo du afe der Pfarrer der Schlusspsalm vorgläse het u ds Vorspiil vo der Orgele het wi Stimme vom Himel uf das Hüüffeli Eländ vo Res ahe tönt.

Der Pfarrer het nach em Säge lang chönne verchünte, di wärte Gmeindsbürger sygen ersuecht, de no z warte, es fingi no ne Chilchgmeindsversammlig statt. Wi us eme Rohr use ischt Res us der Chilche gschosse, grad schnuerstracks gäge heizue. Numen us däm Züüg use, nume niemere gseh, vo keim öppis müesse ghöre! Nid öppe dür d Strässli uus, dür alli Fäldwägen un allne Hege nah ischt er gstorchet u lang vor den angere deheime gsi.

Antlige sy die o cho aazchlefele, Hans ganz gmüetlig uf em vordere Sitz u Lisi mit eme züntige Hübu hingeruffe. Res luegt im Chuchistübli zum chlyne Pfäischterli uus, u chuum het ds Fuerwärch still gha, gseht er ihns vom Wägeli ahesatze, i d Chuchi yhe schiesse, dert wi lätz i de Bohnen ume gusle un öppis chätzigs Schwarzes drusnäh un i ds Füür gheie.

«Da isch nid guet Wätter uber; aber der Luft chuttet de därung vo mir uus», däicht Res, un er schlarpet gäg der Stube zue. Aber da fahrt Lisi uf ihn los:

«Was hesch de du ömel o aagstellt i der Predig? Wo sy di Spiilcharte härcho, möcht i nume wüsse?»

«He, wo sy die härcho? Das muesch du besser wüsse; du hesch mer sche ja sälber ggä, grad da i däm Naselumpe inne.»

«Ja wa – was?!» Meh chan es nid fürebringe. Es chychet gäg em Schaft zue, u richtig isch es so. Itz ziet es d Pfyffen y, schweibet tuuchs gägem Tisch füre u leit der Chopf uf d Armen ahe.

«He nu», meint nach eme Rung Res, «itz plaget mi ömel der Chilchgmeindrat de afe nüüt meh. Das hesch du itz sälber verchachlet mit dyr Stürmi. Mir isch es grad glych, u dir gscheht es rächt.»

Äs het numen e töiffen Aatezug ta u der Gschicht gäng früsch ume müesse nahesinne.

«Eh, wi het itz das ömel o müesse gah! Wi wird das es Bricht sy, wi wird dä Pinte-Liebu e Fröid ha, u was wärde di Lüt däiche, won i by ne so loszoge ha wägem Spile! Un allszäme wäge dene verfluechte tüüfels Charte! Grad wi der Bös derhinger wär, isch mer das itz hütt ggange.»

Gly druuf chunt Hans vom Stall nahe u fragt, gob me nid bal chönn äsGge; er hätti de öppen afe Hunger.

«Wär wett itz da no möge Hunger ha!» fahrt ne Lisi aa, «ömel i ma afe nüüt. De sy mer d Bohne so hewisch aabbräntet, dass me se chuum no cha bruuche, un uf alls uehe han i no vergässe der Späck dryztue. Näht afe d Suppe u de chan i nes paar Eier usschla.»

Hans brummlet öppis u wott umen use, aber Lisi fahrt uwirsch uf ihn los:

«So, mit dir han i de o no grad es Hüendli z rupfe. Itz weis i, was du trybsch all Samschtigzaabe. Wo hesch du das

Chartespiil härgha?» – «Jä so! Aber da bisch du ganz lätz, Müeti. I weis so amene Samschtigzaabe wääger öppis Schönersch fürznäh, weder ga z spile. Süsch frag numen eis Roselin im Schwang nide! I hätt dir'sch scho gseit; aber i ha ddäicht, du mit dyr Pfiffegi, wo süscht e niederi Röschti schmöckt bränte zäntume u vo jedere Chatz weischt, wo si geit ga muuse, wärdisch mir wohl o druberycho sy. U das Chartespiil han i äbe vom letschte Widerholiger heibbrunge, wil mer mängischt öppen im Kantonemänt zum Zytvertryb echly gjässlet hei. Hättisch mir das schön la sy i mym Schaft inne, so wär das hütt nid passiert. So, itz weischt also, was ds Chilchezyt gschlage het.»

Das ischt e nöie Schlag gsi für das guete Lisi. Nid dass es öppis dergäge hätt wäge Schwang-Roselin, bhüetis nei, aber dass dä Bueb das hinger sym Rügge düre het chönnen aagattige un äs nüüt dervo gmerkt het, das het's gheglet bis zinnerscht yhe. Es het fryli no ne Zytlang gspängelet, es het doch müesse zuegä, dass ihm di Suppe itz einischt ganz ghörig vergraten isch.

Es isch scho wyt im Namittag inne gsi, wo di Hohrütilüt gäng no i der Stuben inne ghocket sy, wil es niedersch still a syne Gedanke gspunne het. Aber ungereinischt schiesst Lisi zwäg: «Eh, du myni Güeti! Lueget, chöme dert nid der Pfarrer u der Chilchgmeindspresidänt? Das hätte si nis itz hingäge sauft chönnen erspare. – Hans, gang usen u säg ne, es syg niemer deheime!»

Dä het aber gmacht, win er Stäckysen i de hingere Viertle hätt, u derzue wär es scho z spät gsi; di zwee sy scho vor em Pfäischter gstange u hei gfragt, gob si nes Momäntli chönnte zue ne cho; si hätten öppis vorzbringe. Lisi het ne zwar z bedütte ggä: Was si vorzbringe heige, chönne si sech ja vorstelle, aber dessitwäge sölle si glych cho abhocke.

«Mir hei ddäicht», het der Presidänt aagfange, «dihr tüeiet ech vilicht no fascht hingersinne wäge däm Vorfall vo hütt vormittag. Drum han i em Pfarrer der Vorschlag gmacht, mir wölle dä Namittag gschwing zäme da uehe cho, für echly angeri Luft z mache. I chan ech de nämlig mitteile, dass bi der Versammlig Pinte-Gottlieb als Kandidat zruggträtte isch, Rese vorgschlage het un är fascht eistimmig zum Chilchgmeindrat gwählt worden isch; allszäme het nämlig Fröid gha a der Gschicht u wohl gmerkt, dass ihm öpper het wölle ne Streich spile.»

Da hei si e Zytlang enangeren aagluegt u fei eso ds Muul offe vergässe, bis du Lisi afe ds Wort fingt un sen aachychet: Di Sach tüe ne ja grüüsli leid, u win es här- u zueggange syg, sölle si o wüsse. Aber dessitwäge bruuchte si de glychwohl nid seie wölle cho verbängle u nen öppis wölle cho aagä, wo hinger u vor nüüt syg.

«Es ischt also tatsächlig so», ungerstützt der Pfarrer sy Vorredner, «un itz sy mer cho, für öich zu der Wahl vo Härze Glück z wünsche.» Druuf reckt er i Sack, ziet es chlys Päckli use, leit's ufe Tisch u fahrt wyter: «U da wär de no das historische Chartespiil. Der Sigrischt het's zämegläse u's mir übergä, un i ha ddänkt, dihr wärdet das wohl gärn zum Andänke wölle ufbewahre.»

Aber da schiesst Lisi wi ne Tubehabch druflos: «Nüüt da ufbewahre! I ds Füür mit däm!» Un es wott dermit i d Chuchi use satze. Der Pfarrer wehrt ihm ab: «Ne nei, warum nid gar! Itz wei mir grad no ne Chrützer mache dermit.»

Lisi luegt ne stotzig aa u wott dermit säge: «Ja was? Dihr o, Herr Pfarrer? Syt dihr o ne settige?»

Aber dä chunt ihm zvor: «Gället, das dünkt öich sträng, dass ig o cha jasse. Aber lueget, e Pfarrer isch schliesslig o ne Möntsch u söll nid meine, er syg us vil besserem Holz gschnätzet weder alli andere Lüt. So nes Jässli ischt es Spiil, wi nes anders u sicher nüüt Böses, we me's so macht, wi mir'sch hie mache. Öppis anders isch es de natürlig, wen es de zure Sucht wird u der Spiiltüüfel einen i d Chlauen überchunt. Also, der nöi Chilchgmeindrat un ig sy zäme, u dihr, Presidänt, gät's aa!»

U so hei si enangere purschiltet, hei mängisch chönne gugle, wen öppe Hans em Pfarrer ungsinnet het chönne ds Näll abstäche, u de albe dischpidiert, wi me hätt söllen u wie nid, u si hei e churzwylige Namittag gha. Da meint du so gäg de Viere der Pfarrer zu Lisin, wo o wyligen isch cho d Nase zuehestrecke: «Gället, Frou Chilchgmeindrat, itz heit'er bim Guggerli no bal sälber Fröid dranne?»

Won es das «Frou Chilchgmeindrat» ghört het, isch es ihm ganz füürig i Tuller gschosse; druuf isch es i Spycher ubere gröndlet, het dert di brevschti Magewurscht abgschrisse, für dene Manne nes tolls Zvieri z mache. Därung het es aber schuderhaft guet gluegt, dass es ömel de nid öppis Lätzes ubertüei, u het nachhär ds schöne Gschiir füregno. Si hei dinne grad ds letschtmal uf tuusig gmacht, u wo Res u der Pfarrer mit zwänzg Punkt sy dinnebblibe, het du dä Rese der Finger uuf u seit lächerlige: «Res, i hätt ech doch nid sölle stimme dä Vormittag. Dihr heit nämlich vori d Stöck vergässe z wyse, u derwäge hei mer verlore. Lueget, das ischt äbe wichtig bim Jasse, dass me die nid vergisst, u de no gar für ne Chilchgmeindrat, nid wahr, eh ... Frou Chilchgmeindrat?»

Göttiwyl

9783856549459.1